沙漠化为一口井

我所知的三毛的撒哈拉

蔡适任 著

广西师范大学出版社
·桂林·

沙漠化为一口井
SHAMO HUAWEI YI KOU JING

图书在版编目（CIP）数据

沙漠化为一口井：我所知的三毛的撒哈拉 / 蔡适任
著. -- 桂林：广西师范大学出版社，2023.11
　　ISBN 978-7-5598-6418-5

　　Ⅰ.①沙… Ⅱ.①蔡… Ⅲ.①散文集－中国－当代－
Ⅳ.①I267

中国国家版本馆 CIP 数据核字（2023）第 184794 号

广西师范大学出版社出版发行

（广西桂林市五里店路 9 号　邮政编码：541004）
　网址：http://www.bbtpress.com
出版人：黄轩庄
全国新华书店经销
广西广大印务有限责任公司印刷
（桂林市临桂区秧塘工业园西城大道北侧广西师范大学出版社
集团有限公司创意产业园内　邮政编码：541199）
开本：880 mm × 1 240 mm　1/32
印张：10.25　　字数：220 千
2023 年 11 月第 1 版　　2023 年 11 月第 1 次印刷
印数：0001~5000 册　定价：59.00 元

如发现印装质量问题，影响阅读，请与出版社发行部门联系调换。

献给我的父母，

以沙漠般广阔的爱与宽容，

放手让孩子飞向天际。

好评推荐

　　关于撒哈拉沙漠中的那场婚礼,至今历历在目,现场祝福之余,对于这场浪漫的邂逅,却又如同在摩洛哥初见羊上树般的当下,感到新奇。因为怀着三毛情结,适任走入撒哈拉,毅然决然的那股傻劲与坚持,不禁令人感到肃然起敬。书中所叙的撒哈拉,尽管绕着三毛的话题,却完完全全谱出专属于蔡适任独一无二的篇章。

——廖科溢 / 金钟奖行脚节目最佳主持人

　　前年去摩洛哥,在梅如卡认识阿任,这个奇女子给我的印象,比当天的沙尘暴更难忘。她刚毅知性,绝非浪漫文青,在我看来,是三毛的反类型,但特立独行又极像。三毛的撒哈拉,是抒情绮美的传奇,很高兴这本书以在地观点和田野深度,重述现代的沙漠故事,而且写得这么生动好看。

——蔡珠儿 / 作家

三毛文学作为经典的价值，在于不同时空背景下，重复被人们阅读与解释。《沙漠化为一口井》围绕着三毛与撒哈拉的故事而展开，却远远不止于此。借由作者缜密的考察与记录，我们得以窥见撒哈拉的全貌，以及真正理解远行的意义。

——尤文瀚／作家

多年前旅行到埃及，与贝都因人露宿在沙漠中，入夜后苍穹布满繁星，银闪闪的浩瀚宇宙令人感动到舍不得睡，我想起三毛的故事，从此无边无界的沙漠景色在我心中总是浪漫。这本书带我们从历史、宗教、民俗风情等不同角度，去认识当初的西属撒哈拉。内容深入浅出，丰富生动，用文字踏上三毛的足迹，走入当地人真实的生活，让阅读开启一趟沙色的旅行。

——谜卡 Mika／作家

一口沙漠的水井

文／眭澔平

　　"沙漠之所以迷人，正因为不知道她在何处藏着我们看不到的水井。"

　　三毛生前亲口对我说过的这句话，一直反复出现在我展读此书时的脑海里。我十六次从不同地点进入撒哈拉旅行、摄影、田调、记录，特别是其中五度去摩洛哥、两度驱车深入西撒哈拉阿雍（Laâyoune，今译阿尤恩）的经历，让我对《沙漠化为一口井》这本书充满了共鸣。仿佛在三毛过世三十年后，又在那片撒哈拉的文学沙漠里再度发现了一口隐藏于荒凉深处的甘甜水井。

　　打从二〇一四年读到由蔡适任小姐撰写、荣获第四届全球华文文学星云奖报道文学奖首奖的作品《一间杂货铺，在沙漠》，我就一直期待现在您手上握着的这本书的诞生。

　　果然，奇妙的人生际遇牵引了她的文学生命如"绿色行军"般，经由二〇一〇年在摩洛哥人权组织的服务，与当地游牧民族家族背景的导游于二〇一五年相恋结婚，进而开设小民宿推动对人和对土地都甚为友善的沙漠生态旅游，接着随着夫家的亲戚渊源关系，逐步深入了解三毛与荷西在一九七〇年代真实生活过的前西属撒哈拉(西撒)，终于有了孕育本书完整的写作背景环境。

适任的文笔流畅、诚恳率真，最值得一提的是她在法国十二年半，具备人类学田野调查的专业翔实探索查访考据的博士学术背景，将本书三大范畴——西撒哈拉沙哈拉威人(撒拉威人)的传统小物文化、民俗风情，以及整个历史地理今昔状况，精准地配合三毛生活自传式的著作完整对照解析，成为补足了三十年来研究或欣赏三毛文学全貌的那块重要拼图。以我同样在历史和人类学求学深造的历练来评比，适任在这本书的写作上真是完美适任。

我非常喜欢适任对沙漠和内心描述的文采，她也在夹叙夹议和论情说理中，流露了好几段属于她自己细腻动人的故事，像是她想收容流浪的野驴、民宿兴建时被人下巫术、南十字星坠饰等。即便她发现考据与事实不符的娃娃新娘、洗肠、沐浴、三杯茶或游击队首领巴西里和沙伊达可能的虚拟，都能持平地铺陈。

一如适任已出版的其他前作，《管他的博士学位，跳舞吧》《偏不叫她肚皮舞》，看得出她反骨突破和勇于创新的精神。她竟和我一样，在循规蹈矩的读书考试留学攻读博士之余，都发现了文学音乐舞蹈等艺术领域身心灵自由创作整合的无穷魅力。后来她跳出时尚囿限于大师僵化的格局，尽管成了人类学逃兵，甚至回台湾于社区大学开课教舞，因此受挫于网络霸凌和排挤；但我发现，这正刚好促成了她和我的生命历程，恰恰和三毛的人生际遇相反，是"倒着走回来"。因此，当我们的生命和三毛在人世的一个点汇聚在一起时，更能体会感受三毛真正的内心世界。

写在前面

回撒哈拉定居这些年来,我一直有着"三毛情结"。

二〇一〇年底,我前往摩洛哥人权组织工作,因缘际会走入撒哈拉,自此深深爱上广袤瑰丽的大漠,也认识了贝桑,我先生——撒哈拉土生土长的游牧民族,贝都因人。二〇一五年,我们走入婚姻,定居沙漠观光胜地梅如卡(Merzouga),以撒哈拉深度导览与生态旅游维生,这样的际遇让我被台湾人称为"现代三毛"。

我相当不以为然,虽然三毛和荷西真挚不渝的爱情与其撒哈拉经验,是我整个成长过程听闻最美的传奇之一,然而我所面对的撒哈拉饱受气候变迁之苦,身边是因常年干旱而一穷二白的游牧民族,是沙漠观光与环境生态之间的冲突,偶尔还得面对荒谬浅薄的观光客,更不用说快让异族媳妇喘不过气来的传统家族包袱。

不时遇见华文世界的游客,手中捧着一本《撒哈拉的故事》,前来寻找"三毛的撒哈拉",带导览之余,我不忘泼冷水,指出当年三毛所在之处是阿尤恩(三毛称为阿雍),可我们人在梅如卡,两地相距一千两百八十公里。游客兴致丝毫未减,直说:"只要能见到'三毛的撒哈拉'我就满足了,赶快带我去沙丘,我要跟三毛的书合照!"这让我愈发困惑,到底什么是"三毛的撒哈拉"?

有天,贝桑对我说,他爸妈是西撒哈拉(Sahara Occidental)来的,早年因为干旱不解,举家追着云、雨及水草迁徙,终于定居梅如卡,走入观光业,但他姊姊整个家族都住阿尤恩,问我要不要和他一块儿去探亲。

想起自己的"三毛情结",心一横,我决定跟他走这一遭!万万想不到,这一去,竟一路走到摩洛哥与毛里塔尼亚边界的盖尔盖拉特(Guerguerat),尔后数度往返,慢慢摸索出三毛足迹与西撒样貌。

壮阔瑰丽沙丘群上有一只野生耳廓狐

VIII 沙漠化为一口井

目　录

三毛曾以"连绵平滑温柔得如同女人胴体"来形容
沙丘,因其蜿蜒起伏且时刻变化,让人捉摸不定,迷
失其中,成为她口中的"迷宫山"

重返西撒

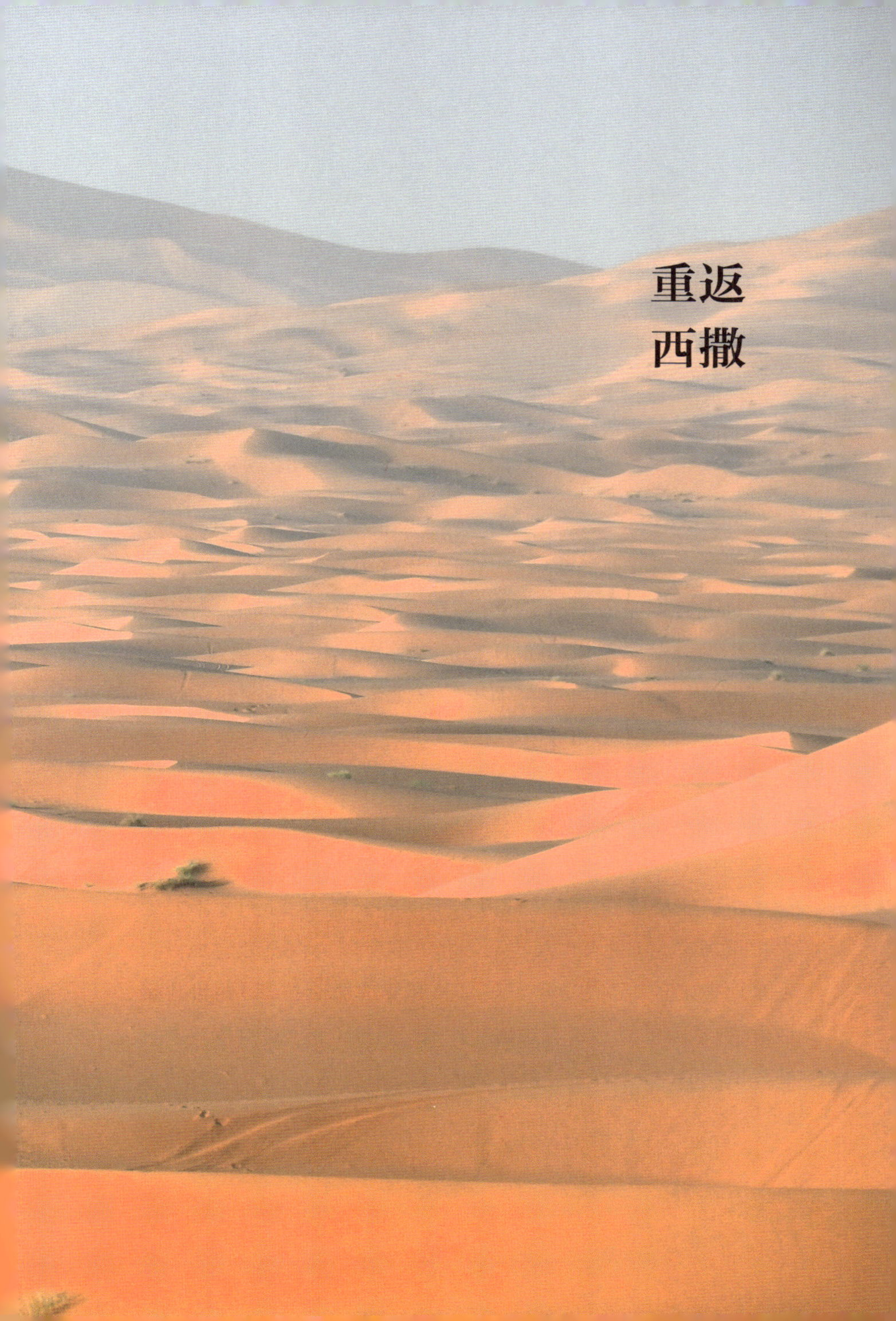

位于非洲北部的撒哈拉是一大片降雨量稀少的荒漠，总面积超过九百四十万平方公里，东至红海，西至大西洋，南部与半干旱的萨赫尔草原(Sahel)连接，幅员辽阔，涵盖埃及、利比亚、阿尔及利亚、摩洛哥与毛里塔尼亚等十几个国家。由于气候变迁，干旱频仍，如今的萨赫尔草原迅速沙漠化，撒哈拉日渐扩大。

　　七十年代，三毛与荷西生活的撒哈拉，为其中的西撒哈拉，简称"西撒"。

　　西撒这块面积约二十六万六千平方公里的土地上，不曾建立主权国家，但一八八六年至一九七五年间为西班牙属地。三毛来西撒之前，已经走访了阿尔及利亚的撒哈拉，回西班牙定居后，对沙漠的思念带着她前往西撒。她笔下的"沙哈拉威人"，即Sahraoui，如今称为"撒拉威人"，泛指生活在广袤西撒的人民，母语为哈桑尼亚语(Hassaniya)，皆为游牧民族，信奉伊斯兰教，主要是阿拉伯后裔，有些是柏柏尔人。

一九七五年至今，西撒由摩洛哥实质统治，分为北部的阿尤恩－萨基亚·阿姆拉(Laâyoune-Sakia El Hamra)及南部的达赫拉－韦德·达哈卜(Dakhla-Oued Ed Dahab)两大区域。但这块土地至今仍有主权争议，不但牵动着欧非地缘政治，也是美国语言学大师乔姆斯基(Noam Chomsky)眼中"非洲最后一块尚未独立的殖民地"。今日仍然居住在西撒的撒拉威人约有六十万，亦有移民至法国与西班牙等欧洲国家者。

西撒的沙

三毛在《荒山之夜》里写："这些沙堆因为是风吹积成的，所以全都是弧形的，在外表上看去一模一样。它们好似一群半圆的月亮，被天空中一只大怪手抓下来，放置在撒哈拉沙漠里，更奇怪的是，这些一百公尺左右高的沙堆，每一个间隔的距离都是差不多的。人万一进了这个群山里，一不小心就要被迷住失去方向。我给它取名叫迷宫山。"

被三毛称为"迷宫山"的自然地貌其实就是沙丘群，也是经典撒哈拉意象。

在极度熟悉沙漠的三毛笔下，撒哈拉有着多元样貌，如黑沙漠、白沙漠、土黄沙漠与红沙漠等。土黄沙漠与黑沙漠最常见，最为罕见的当属白沙漠，我住的梅如卡则因连绵不绝的艳红沙丘群而得以发展观光业。

沙丘并非一成不变，一天当中，可因光影变化而折射出不同色泽与光彩，更会随风改变形状甚至移动，外地人很容易在起伏蜿蜒且时刻变幻中的沙丘群里迷失方向，无怪乎三毛称之为"迷宫山"。

西撒的海

世人对三毛的印象往往是她穿着宽松长袍，伫立于起伏蜿蜒沙丘群的瘦弱身影，然而，她笔下的撒哈拉是有海的。

在西撒探寻三毛足迹时，我与贝桑刻意走滨海公路，往山往海跑，一直到达与毛里塔尼亚的边界。

贝桑与我沿着海岸线一直走，终于找到荷西偏好的纯白沙漠与蔚蓝海洋的交接，在赫尼菲斯国家公园(Le parc national de Khenifiss)一带发现了海洋与河流交汇之处，只见火鹤在点点白色浪花间觅食，宛如淡红霞光落在了海滩上，其情其景，正如三毛在《收魂记》里的描述，当下激动莫名！

在海、河与沙漠交接处，浪花滔滔，火鹤与多种水鸟在此觅食、栖息，繁衍下一代，美丽景致一如《收魂记》，这也才明白三毛《今世》歌词"花又开了／花开成海／海又升起／让水淹没"的场景，以及为何她生前会说："虽然我住在沙漠里，可是因为荷西在身边，我觉得这里繁花似锦。"

我们漫步岸边荒地，意外拾得贝壳化石，就像她描述的"一个好大贝壳的化石，像一把美丽的小折扇一样打开着"。

其实化石在摩洛哥并不罕见，海洋古生物化石更是我们深度导览的重点之一。梅如卡附近伊尔富德(Erfoud)就出产经过磨制、可供贩售的化石产品，多为黑色或灰色，质地坚硬，为菊石、直角石与鹦鹉螺等，与西撒的扇贝状化石有明显差异。

西撒沿岸渔获丰富，十八世纪开始，加那利群岛的渔夫便会前来捕鱼。三毛在《素人渔夫》里写她和荷西到岩岸钓鱼："海潮退了时岩石上露出附着的九孔，夹缝里有螃蟹，水塘里有章鱼，有蛇一样的花斑鳗，有圆盘子似的电人鱼，还有成千上万的黑贝壳竖长在石头上，我认得出它们是一种海鲜叫淡菜。"

西撒海港鱼市里，我在鱼摊上见到了鳗鱼等各式鱼类与螃蟹，偶尔还有妇女贩售煮熟去壳的淡菜，也曾在海岸见着提水桶、捡拾淡菜的渔夫与渔妇。

捕捞章鱼与花枝实为西撒沿海的重要经济活动。一九七六年西班牙撤离撒哈拉后，摩洛哥政府积极发展章鱼与花枝等头足纲的商业捕捞，主销日本与欧洲。庞大的利益曾让摩洛哥与西班牙等欧洲国家产生冲突，九十年代才渐渐达成协议。二〇一九年底，摩洛哥海域出现了捕捞章鱼的中国远洋渔船。

西撒鱼市里不算罕见的鳗鱼则特别引起我的关注，与三毛所说的"花斑鳗"颇为形似，长形如蛇状，深褐色的鱼身，有着金黄长条纹。伊斯兰的饮食规范必须符合"清真"，什叶派仅食用有鳞片的鱼，摩洛哥的穆斯林则是逊尼派，并不排斥无鳞鱼，如鳗鱼、鲨鱼或软体动物等，因此三毛提及的海中食物都有可能变成撒拉威人的桌上佳肴。

另外，三毛在《十三只龙虾和伊地斯》提到龙虾捕捉，今日的阿尤恩与塔尔法亚(Tarfaya)一带以龙虾著称，但因珍贵稀少，政府仅允许每年四月到八月间捕捉，在餐厅及鱼市皆可发现龙虾渔获。

西撒海岸线极长，部分港口有船只前往西班牙加那利群岛，在《哭泣的骆驼》中，鉴于局势愈来愈危险，三毛曾经试图带沙伊达从某个渔港偷渡，离开西撒。离阿尤恩二十几公里处的小渔村芬艾魏(Foum el Oued)，当地居民坦言，早期邻近一带确实有船只偷渡前往西班牙，如今依然有走私贩或人蛇集团寻找适合的隐秘地点，将非法移民或大麻运往西班牙。

坐在驶向西撒的车里，望着湛蓝海岸，耳里反复听着三毛作词的《沙漠》："前世的乡愁，铺展在眼前，啊……一匹黄沙万丈的布，当我被这天地玄黄牢牢捆住，漂流的心，在这里慢慢慢慢一同落尘。呼啸长空的风，卷去了不回的路，大地就这么交出了它的秘密，那时，沙漠便不再只是沙漠，沙漠化为一口水井，井里面，一双水的眼睛，荡出一抹微笑。"巧的是，三毛曾居住的阿尤恩(العيون)，意指"泉水"或"眼睛"，因丰沛的地下水脉而吸引西班牙殖民政府在此建城，地名寓意恰与歌词吻合。

在齐豫澄澈空灵的歌声里，忽地，我眼前浮现沙尘暴来袭时的撒哈拉,漫漫黄尘席卷天地,直到风止。这才惊觉,三毛对沙漠的爱与理解,远在我的认知之上!

撒哈拉游牧民族图阿雷格族有句谚语说:"哪怕路迢迢,尽头总有一口井。"这世间书写沙漠之美的文字何其多!然而唯有深深走入沙漠又深深爱上沙漠者,才能领略"井"的诸等美好。

圣-埃克苏佩里(Antoine de Saint-Exupery)在《小王子》里写着:"让沙漠愈发美丽的,是在不知名角落藏着一口井。"

共享是游牧民族的悠远传统,每一口井无论由谁开凿,莫不归属于天地与所有人,从来没有独占的道理。游牧民族在井边打水时,骆驼与野驴往往闻声而来,等着与人分享生命泉源。

我与野驴唯一的连接,便是由井串起。在大漠中,若偶遇在井边徘徊的野驴家族,贝桑总会停下车,将井里的水一桶桶拉上来,倒入井边水池,让野驴解渴。有一回,我与贝桑远远望见一对野驴母子在金合欢(Acacia raddiana)树下歇息,幼驴一看到我们,不怕生地跑来,接着母驴也来了。贝桑说,我们之前曾在井边打水给母驴喝,或许母驴想来打个招呼。

看着躺在地上撒娇、露出肚子的幼驴,我竟想起三毛所说的,沙漠化作井,井里一双会微笑的水的眼睛。

各国游客都爱来红沙丘骑骆驼

　　　沙漠化为一口井

前世的乡愁　铺展在眼前
啊……一匹黄沙万丈的布
当我当我　被这天地玄黄牢牢捆住
漂流的心　在这里慢慢　慢慢一同落尘
——三毛作词《沙漠》

撒哈拉的灿烂繁星

红沙丘上的满月乍现

一般人印象中连绵不绝的沙丘其实在撒哈拉占比很小,
撒哈拉大部分都是黑沙漠与砾漠,是游牧民族的原乡

撒哈拉的自然地貌丰富多元，有时可见红沙漠与黑沙漠并置，
降雨稀少但生态丰富，不时可见野驴等野生动物

撒哈拉最常见的砾漠

降雨可瞬间改变沙漠景致。大雨过后，大漠一片青葱翠绿

白沙漠与大海的交接确实存在,如今渐成观光资产

　沙漠化为一口井

撒哈拉湖泊生态丰富。雨量丰沛时,雨水汇聚成湖,火鹤、野鸭与高跷鸻等水鸟在此栖息、繁衍,热闹一整座湖

撒哈拉小城伊尔富德的荒野中常见菊石化石

在点点浪花间觅食的火鹤，宛如一抹落在海滩上的淡红霞光

在西撒海岸荒地发现的贝壳化石，与三毛描述的相似(见《搭车客》)

沙尘暴肆虐中的撒哈拉

在井边为野驴汲水

一

撒哈拉
传统小物
与文化

骆驼头骨

荷西送给三毛的结婚礼物，是他在沙漠寻觅许久，终于找到的一副完整骆驼头骨，三毛喜欢得不得了！带着来到加那利群岛，又带回台湾，万般珍惜，甚至说："这副头骨，就是死也不给人的，就请它陪着我，在奔向彼岸的时候，一同去赴一个久等了的约会吧。"（详见《结婚礼物》，收录于《永远的宝贝》）

沙漠经济与骆驼

在沙漠深处捡到完整的骆驼头骨，并非不可能。

骆驼可说是沙漠的象征，摩洛哥南部沙漠地带的城市入口与圆环，经常以骆驼塑像为装置艺术，墙上彩绘亦常出现骆驼，就连西班牙殖民西撒时期都出了好几款骆驼图案的邮票。

撒哈拉的骆驼是单峰骆驼，毛色多为深棕色，偶尔会有来自阿尔及利亚与马里的白骆驼。一般认为棕色骆驼较白骆驼生命力强。

骆驼能够闻到远方水的味道,也知道水藏在沙漠何处。不时可看见骆驼在井边耐心等待。若有游牧民族前来汲水,即使不是自家骆驼,都不吝于汲水给它们喝。

撒拉威人豢养大批骆驼,对骆驼有很深的情感,举凡饮食、运输与贸易,无一不倚赖骆驼,尤其在游牧经济里,骆驼是牧民迁徙移动时极为重要的驮兽。如果没有骆驼,不仅游牧民族无法逐水草而居,长达数百年的跨撒哈拉贸易线根本不可能存在。

三毛有数张与骆驼的合照,亦曾提及与荷西参加赛骆驼。阿拉伯人早在公元七世纪便已开始赛骆驼,目前主要流行于阿拉伯地区,摩洛哥南部的撒哈拉沙漠偶尔有之,我曾在迈哈米德(M'Hamid)与坦坦(Tan Tan)见过,场面混乱热闹,充满节庆气息,自由又随兴。摩洛哥政府虽然试图将之国际观光化,促进沙漠经济,但目前仍属于在地民俗活动,参与者多半是当地人,兼具乡村娱乐与凝聚社群的功能。

对撒拉威人来说,骆驼不仅是生活伙伴、迁徙时的驮兽,还可以买卖交易与食用。沙漠观光产业出现后,许多游牧民族迫于干旱,不得不改变传统经济模式,走入观光业,为游客牵骆驼也成了挣口饭吃的唯一凭借。

重感情的骆驼

骆驼就像人，各有各的脾性，对彼此有着情感，甚或相互喜欢，抑或互看不顺眼。

有回我和贝桑及他侄子三人牵着两头骆驼到沙丘群深处野营，其中一头骆驼已十岁以上，习惯与人一同工作，另一头刚刚成年，跟出来实习。只见年轻骆驼不时紧紧依偎在年长骆驼身边，姿态与鸣叫中充分展现对年长骆驼满满的依赖与依恋。

某天傍晚，我们选定扎营地点，我和贝桑负责搭帐篷、寻找柴薪、烹煮晚餐，贝桑侄子负责牵年长骆驼去井边取水。一见到贝桑侄子牵着年长骆驼离去，年轻骆驼竟然呜呜呜地哭了起来，即使贝桑早将它的前脚绑住，它都想追随年长骆驼而去，情感与依恋无比浓烈。

贝桑这才解释，年长骆驼性格稳定服从，工作经验丰富，可以独自和侄子去井边取水；年轻骆驼容易感情用事，因此得限制它的行动，以免它朝着年长骆驼狂奔而去。

阿拉伯谚语说："若生命是沙漠，女人便是沙漠里的骆驼。"将骆驼与生命伴侣相比拟，可见沙漠中人与骆驼之间的亲密。撒拉威人虽然也进行骆驼的买卖交易，但仍将之视为家人一般，往往只有极度缺钱时才会卖骆驼。

许久前，贝桑大哥拥有一对母子骆驼，因家里急需用钱，贝桑大哥卖了小骆驼。接连数天，母骆驼日夜哀泣，贝桑大哥后悔不已，小骆驼却早已跟着新主人前往远方。

人驼情深(摄影:张逸帆)

　　游牧民族欣赏也信任着骆驼,认为骆驼是聪明可靠的好伙伴,即使独自在一望无际的大漠,也能自己回家,不会迷路。

　　贝桑有个智能不足的堂弟萨伊,偶尔靠着村人施舍与游客同情,挣一点儿吃饭钱。多年前,一位英国年轻背包客要萨伊带他骑骆驼到沙丘里野营,萨伊兴奋地接下这份工作,当天傍晚独自牵起骆驼,带英国人走入沙漠。

　　没出啥差错地过了一整晚后,隔天清晨,正当萨伊要带英国人骑上骆驼,慢慢走回村里时,这才发现骆驼不见了! 原来前晚他没把骆驼绑紧,骆驼跑了。

　　没办法的萨伊只好把英国人丢在原地,自己步行回村,雇用吉普车回去载英国人出沙漠。幸好英国人没责怪他,但这一来一往，别说挣钱，光是支付吉普车的费用就让萨伊妈妈损失存了好久的私房钱。

更妙的是，待此事完满落幕，众人发现骆驼早就自行回到原主人身边，根本没走失！这事让萨伊从此成了族人笑柄，直说骆驼都知道回家的路，比他还聪明！

骆驼之为食物

骆驼也是沙漠中的食物来源之一，被撒拉威人视为大菜。

沙漠地带的婚宴，被宰杀来待客的动物体形愈大，表示宾客人数愈多，婚宴愈形盛大，与主人财富威望成正比。一般婚宴多半宰杀牛羊，我和贝桑结婚时仅简单在市集购买待客的牛羊鸡等食材，贝桑三哥结婚时，父亲特地为他宰了一头牛，众人至今印象深刻。那么若以骆驼肉待客，自然显示主人丰厚财力与隆重款待客人的诚意，《娃娃新娘》里主人罕地款待宾客的料理之一便是骆驼肉。

骆驼肉的味道三毛不甚喜爱，荷西更是敬谢不敏，以他是基督徒，"我的宗教里，骆驼是用来穿针眼的，不是当别的用"（详见《白手成家》）当作推托之词，西班牙太太则没教养地说吃了会吐！（详见《哑奴》）

目前在摩洛哥肉铺就可以买到骆驼肉，南部大城较为常见，一般用来烹煮塔吉或古斯米（couscous），食用方式与牛肉或羊肉相同。以骆驼肉烹调的古斯米肉质相当接近牛肉,味道或许浓些,但因为加了大量香料且长时间烹煮,其实不难入口。

另一道常见的撒拉威骆驼肉料理是极受欢迎的骆驼肉米饭,烹调方式相当简单,将洋葱及番茄等蔬菜切碎,与骆驼肉块炒过,加入洗净的米、香料与适当的水,放在锅中焖煮即成。

比较奢华的吃法则是做成烤肉串。

三毛在《哑奴》里写着,她受邀前往一位撒拉威财主家里做客,走进"迷宫也似宽大的白房子",年老的财主深谙法语与西语,拥有四个年轻美艳的妻子,"据这个财主堂兄太太的弟弟阿里告诉我们,这个富翁是不轻易请人去他家里的,我们以及

切成块状的肉与内脏穿成肉串,先置于铁架上,再放上炭炉子烧烤,烹调方式与三毛在《哑奴》里描述的相同

另外三对西籍夫妇，因为是阿里的朋友，所以才能吃到驼峰和驼肝做的烤肉串"。可见骆驼肉是款待宾客的大菜。

服务宾客的工作落在一个孩子头上，由他负责煮茶、烤肉串，烧红的炭炉上放着铁丝网，孩子利落地穿肉，"一块肉，一块驼峰，再一块肝，穿在一起，再放盐"，烤熟之后，放在大盘子上，端给客人食用。

这种吃法今日仍然是撒拉威人烹调烤肉串的方式。无论骆驼肉、牛肉或羊肉，处理方式其实都相同，通常会将心脏与肝切块，有时会先以清水煮熟，以防吃到不熟的内脏而生病。肠子则在仔细清洗后以香料和盐巴腌制，绑成条状，尔后可与古斯米一同烹煮。

烤肉串时，通常会在心脏与肝等内脏块的外层包上一层脂肪，以细细的铁条穿成一串。若在沙漠深处无法取得金属制烤具，则将树枝削尖，自制烤肉串。

将肉块、内脏与脂肪块穿成一串之后，撒上香料与盐巴，放入铁丝网，置于炉子上炭烤。外层脂肪除了可增添美味，也让内脏不易烤焦。至于肉块，同样撒上香料与盐巴，肉块与肉块之间也会夹一块脂肪，食用时，则不吃这块脂肪。骆驼肉串让三毛学到并写下"驼峰原来全是脂肪"的体悟。

无论哪一种肉，烤肉串在撒拉威传统里都是用来款待宾客的美食。

在婚宴里，牛羊或骆驼宰杀后，内脏与净肉处理过，穿成一串，放在炭火上慢慢烧烤，再由宾客趁热分食。一串烤肉串熟了，宾客一人分食一块，而非一人拿一串，之后等下一串熟了，宾客仍是一人分食一块，直到吃完为止，如此才能尝到内脏与肉块刚刚烤熟、热乎乎的美好滋味，其间佐以甜茶，与三毛参加姑卡婚礼"我们被请入大厅与阿布弟的亲友们坐在一起，开始有茶和骆驼肉吃"（详见《娃娃新娘》）的流程完全一样。

不只婚宴，家中若有远道而来的宾客造访，主人往往特地前往铺子购买内脏与净肉，烹调烤肉串待客，有时甚至会为了宾客而宰羊。

我也遇过烤肉串只是开胃前菜，让宾客在餐前配茶吃个美味，主食为塔吉或古斯米的情形。

由此可见，依据撒拉威饮食习惯，三毛受邀到撒拉威财主家做客，有专人在旁烹煮骆驼烤肉串与茶，完全是款待贵客的顶级规格。

当然，若将骆驼视为食物来源之一，便无法避免宰杀。

我曾在摩洛哥南部沙漠部落迈哈米德街头巧遇一户人家正要宰杀骆驼以置办婚宴食材。骆驼相当聪明，知道自己的命运，虽然被绑仍不断嘶吼、挣扎，围观者众，场面残忍混乱，我不忍直视，匆匆走过。

贝桑解释，宰杀骆驼不是一件容易的事，为了避免骆驼受苦，必须以最快的方式结束它的生命，通常会用磨利的长刀从下往上刺进骆驼脖子中央，再划开喉咙，让血液迅速流出来。一两分钟后，骆驼随即倒地，躺在血泊里。

由于骆驼体形庞大，宰杀后的肉量多，过往肉类保存不易，多半是数户人家合宰一头再均分骆驼肉。传统保存肉类的方式是将肉洗净后，与大量的盐巴及香料均匀混合，晾在高处，避免被老鼠或猫吃掉。沙漠干燥，这等近乎腌制的方式，肉类可保存好一阵子。也因保存不易，游牧民族在烹调肉类时往往煮得相当熟烂。

宰杀骆驼看似血腥野蛮，但倘若果真众生平等，一个生命的价值并不比另一个高等，一头骆驼的死去，并不比一颗生蚝的死，要来得让人惋惜。然而，一头骆驼的死去，可供好几户人家数天食用，一颗生蚝在饕客口中不过换来几秒钟快感。为什么宰杀骆驼被视为野蛮残忍，饕客大啖香槟生蚝就是高级品位与生活享受呢？更何况，穆斯林规定使用尖锐刀刃来宰牲畜时，一定要尽量减少动物的恐惧与痛苦。

骆驼与游牧民族

在物资匮乏的沙漠，骆驼奶还是珍贵的营养品，是老人、病人与孕妇的专属传统补品。在摩洛哥南部城市里萨尼（Rissani）一带，今日仍有人在旷野处搭起帐篷，竖立招牌，贩卖骆驼奶。南部大城如盖勒敏（Goulimime）的超市则可购得冷藏的瓶装骆驼奶。

一回与贝桑外出旅行，远及摩洛哥北部海城丹吉尔（Tangier），巧遇一位撒拉威人，一听我们是沙漠部落梅如卡来的，恳请我们回去后寄一瓶新鲜骆驼奶给他，原来他年迈的母亲久病不愈，

西撒公路旁，前不着村，后不着店，矗立着贩售骆驼奶的招牌

想尝尝家乡味，加之骆驼奶营养丰富，被视为病弱老者的绝佳饮品。

　　此外，骆驼的皮毛强韧粗糙又相当耐用，最适合编织成帐篷，撒哈拉游牧民族的帐篷多为深棕色，即为骆驼毛原色。骆驼皮革可制成袋子或鼓,实用性极高,骆驼骨可磨制成珠子,作为首饰。

偶有观光业者虐待骆驼的新闻传出,但就我在撒哈拉所见所闻,沙漠中人与骆驼感情融洽,相当懂骆驼,很能妥善照顾骆驼并带领骆驼一同工作。

一头骆驼在正式上工、载观光客之前,会先经历一定的训练过程,学习服从指令;接着是实习期;待骆驼性格稳定,能

撒拉威人将骆驼骨磨成圆珠,穿孔,手工绘制深棕色图案,当作装饰

用骆驼骨珠、椰枣核与皮绳穿起的古董项链,虽非亮眼首饰,更非珍贵宝石,然骆驼骨珠已相当少见

胜任背驮观光客的工作，才会正式上工，如此也才能确保游客安全。

有一回，两位客人预订骑骆驼到沙丘上看夕阳，哪知骆驼夫傍晚竟牵了三头骆驼过来。一问，才知走在队伍前头的两头骆驼是来上工的，跟在后面的那头年轻骆驼体格较小，是跟来见习的，不载客。

那天队伍出发后，只见最后面那头年轻骆驼沿途不断哼哼哼地鸣叫，似乎在抱怨自己得跟出来见习，还不时用头去磨蹭前面那头骆驼的臀部，撒娇似的，甚为有趣。

正因为骆驼是极为重要的资产，游牧民族深爱之，照顾有加，若是食用，基本上头骨不可能完整，反之，若骆驼病亡，则弃置于沙漠，任其腐烂，在此情况下，较可能出现完整头骨及遗骸。

羊皮鼓

　　羊群与骆驼同样是游牧民族的重要资产,阿特拉斯山脉的柏柏尔人饲养绵羊与山羊,撒哈拉游牧民族主要饲养骆驼与山羊。羊只可供交易与食用,绵羊的毛可织成精美实用的地毯,皮革则可做成鞋子、皮包与乐器等。

　　各式羊皮鼓是北非常见的庶民乐器,如手鼓(bendir)、声音响亮且耐打耐用的金杯鼓(djembe),以及用鼓棒敲打的特贝尔大鼓(tbel)与中东鼓达布卡(darbouka)。这些鼓的鼓面由羊皮制成,鼓身或为木头,或为陶制。

　　手鼓多为圆形,偶有方形或三角形,鼓面上时有彩绘,可说是柏柏尔音乐中不可少的乐器。阿特拉斯山区柏柏尔音乐"海杜斯"(ahidous)的典型标志便是男性乐师身穿长袍、肩披披风、头包头巾,手上拿着手鼓。需使用鼓棒的特贝尔大鼓则与黑奴音乐"格纳瓦"(gnaoua)紧密相连。相当受欢迎的金杯鼓使用广泛,被视为带有非洲色彩。

手鼓，鼓面或有彩绘，多为圆形，也有方形或三角形

特贝尔大鼓，本图中以牛皮制成，牛毛都
还在鼓面上

金杯鼓，最普遍且常见，具非洲色彩

然而，不管是家庭聚会或正式演出，各种鼓经常是同时使用。

　　三毛《第一个奴隶》里提到了一对羊皮鼓，这种一大一小的羊皮陶罐鼓在摩洛哥很常见，称为 tbilat，较常见的称谓是 tamtam，起源不详，一般被视为摩洛哥鼓，有点像是拉丁美洲邦戈鼓(bongo)与达布卡的合体。

　　三毛的 tamtam 羊皮鼓可是大有来历。一位撒拉威人为了感谢三毛与荷西送他糖、面粉与药等物资，带了一个高大的黑人要送他们当奴隶，两人拼命拒绝，撒拉威人因而改送鼓。待三毛与荷西离开西撒，这鼓也被带到加那利群岛，并被她昵称为"奴隶"。(详见《第一个奴隶》，收录于《永远的宝贝》)

　　那个送奴隶的人弯下身去，在一个面粉口袋中掏，掏出来的就是照片中那只羊皮鼓。

　　这个东西，使我们大大松了一口气——它不是个活人。

　　以后我们在家就叫这只鼓——"奴隶"。

　　tamtam 鼓面为羊皮，鼓身为陶土，中空，底座如碗状。鼓身或有彩绘，一般专业演出的鼓多半是素面的，但鼓身有无彩绘并不影响鼓的声音与打法。将鼓面紧紧绑在陶制鼓身并呈网状的绳线，则为羊皮。

　　tamtam 的大鼓声音较低沉，小鼓清脆响亮。演奏时，鼓放在地上，大鼓在右侧，小鼓在左侧，一手敲打一只鼓，鼓面声音

tamtam，由羊皮绳索制成的网状物将鼓面紧紧绑在陶罐鼓身上

整个鼓身以处理过的羊皮为绳索

厚实，鼓缘清脆。若鼓面因湿气而声音沉闷，可将鼓面放在营火上稍微烘烤，随即恢复响脆鼓声。

据我个人经验，tamtam 的技术性似乎较低，远比达布卡更容易敲打出声音，操作相对容易。声音层次或许不如达布卡细致灵动，但有一种融合非洲大地粗犷狂野的能量，又有着北非民族的朴质内敛，带着雅致的文化底蕴。

整个摩洛哥几乎都可以看到 tamtam，南部沙漠地带更为常见。传统上，柏柏尔人与撒拉威人在宰羊后，有时会自行将羊皮简单制作成手鼓，tamtam 的制作则相对需要一定的专业技术与器材，多以购买为主。

沙漠观光业诞生后，tamtam、金杯鼓与手鼓等打击乐器成了沙漠中人与观光客同欢时不可或缺的乐器。国际拉力赛在摩洛哥举行时，行至沙漠，当地商家也会在拉力赛夜间休息的营区附近搭起帐篷，做点小生意，tamtam 即是常见的贩售商品之一。

沙漠中人无论男女老幼，几乎人人都可现场来一手打击乐器即兴独奏，他们的音感与打击技巧并非来自学校或课程，而是家族与日常生活的耳濡目染，每场婚宴都是孩子们学习吟唱与节奏的大好时机。每个孩子一看到鼓，情不自禁就会把玩一番，若问他们："这是啥节奏？怎么打？你跟谁学的？"孩子们可是一句都说不上来，敲打鼓面的手却又灵动极了。

一般来说，女孩儿较偏好轻巧的手鼓，男孩子较常玩笨重的 tamtam 与金杯鼓，但并无实质意义上的性别限制。

鼓是沙漠孩子较容易取得的乐器

　　说到 tamtam，我也有一个属于自己的故事，就发生在刚来摩洛哥时。

　　二○一一年"阿拉伯之春"延烧北非与中东地区期间，我恰巧在摩洛哥首都拉巴特(Rabat)的人权组织工作，当时摩洛哥社运团体积极要求政府落实君主立宪、言论自由与女性权益，各地示威不断，社会整体气氛倒是相对和平。

　　那回我被派到千年古城非斯(Fez)参加一场民主论坛，工作结束，前往知名景点旧城区，暂时忘却各种政治议题，难得地当起观光客。正当我迷惑于琳琅满目的传统手工艺品，担心自己在千年小径迷路时，一家传统乐器行映入眼帘。由于我留学巴黎时曾跟北非裔移民学习传统乐舞，一看到乐器行，兴高采烈走了进去。

老板见着我，也不忙着做生意，客气地请我坐下来，喝杯茶，让我从容浏览店内乐器，与多数摩洛哥商人急忙推销的风格截然不同。

店里一只洁净素雅的鼓，让我好生欢喜，老板说这鼓叫tamtam，想玩正统摩洛哥音乐一定得有一只，灵巧的手指随即在鼓面敲打起来，某种带着非洲大地能量的阿拉伯风情从鼓面弹跳而出。我兴奋地询问价格，老板给了个数字，虽略为偏高但尚可接受，我点点头，说我要了。

老板眨眨眼，语带神秘地说，他还可以提供更好的选择，转身就从角落拿出一只一模一样的鼓，说："刚刚那只，鼓面是羊皮做的，这只呢，不一样，是骆驼皮做的，声音更好，骆驼皮做的鼓很少见，整个非斯只有我手边有货。"一连串细致节奏再度从他指间流泻而出。

那当下，我的自尊与骄傲拒绝承认自己的耳朵无法灵敏地听出两只鼓的差异，我的脑袋只觉得骆驼皮鼓的质感就是说不上来的更优质。心动询问价格，骆驼皮鼓竟是羊皮鼓的两倍！

我倒抽一口气，老板却淡然地说："骆驼不常见，只有沙漠才有，骆驼比羊体形更大，切割下来的皮革更大张，可以做大鼓，音质更好，骆驼皮鼓供不应求，价格当然高。"

见我犹豫，老板也不啰唆，把鼓往身后一放，指指第一只鼓说："观光客买这种羊皮鼓，做个纪念，够了。"

凭着一股"我才不是观光客呢"的傲气，我马上说："好，我要那只骆驼皮鼓。"

陶制鼓身比想象中沉重，费尽千辛万苦终于把鼓带回拉巴特的我，洋洋得意之余，却也隐约感觉哪儿不太对劲儿。

隔天进了办公室，上司问我会议如何，我大致报告后，开心秀出手机里的照片，把如何买到千载难逢骆驼皮鼓的事情说了一遍。

霎时，整个办公室静了下来，同事们尴尬地面面相觑，很慢很慢地，我终于懂了那沉默里的讯息。好一会儿，上司才说："下次小心点，我们摩洛哥人为了多赚观光客一点儿钱，啥故事都编得出来。"

羊皮水袋

我们的家，又添了羊皮鼓，羊皮水袋，皮风箱，水烟壶，沙漠人手织的彩色大床罩，奇形怪状的风沙聚合的石头——此地人叫它沙漠的玫瑰。

——《白手成家》

被三毛用来布置与荷西在阿尤恩的家的羊皮水袋(详见《白手成家》)，是一种不存在于台湾的物品，却也是北非居民善用仅有资源满足生活所需的古老智慧。

羊皮水袋由山羊皮——以大型公山羊为首选——制成，当地人称为 guerba，往昔是游牧民族装水的器皿，类似水壶，可携带外出，适合沙漠游牧生活形态，不仅使用于撒哈拉，北非各地都可看到，在阿尔及利亚山区奥雷斯山(Aurès)，羊皮水袋更被视为当地具代表性的传统物件。

夏季的沙漠极度干热，白昼日温可高达五十摄氏度，地表被太阳晒得烫人，即便躲入屋舍，墙壁与地板仍然是热的，水龙头一开，流出来的水比体温还高。高温让冰箱与空调不管用，即便马力开到最大，冰箱冷藏室的温度都接近室温。一到酷热盛夏，连一口凉水都是奢侈。

这时，羊皮水袋展现了游牧民族的传统智慧。

夏季时水龙头流出来的自来水烧烫烫，从井里打出来的水却无比清凉。游牧民族将羊皮水袋装满清凉的井水，置于阴凉高处或悬空挂在帐篷下，远离烧烫地面，水袋里的水就能保持冷冽，可谓"游牧民族的天然冰箱"，储存凉水的效能远胜耗电的现代冰箱。若是已定居的绿洲或山村部落则会把羊皮水袋挂在墙上或树下，有些还特制金属三脚架，方便悬挂。

羊皮水袋的制作方式相当简单。

穆斯林在宰羊只时，让羊头朝向麦加，诵念几句古兰经之后，便以利刃快速割断羊只咽喉，让羊血流干，尔后在四只脚蹄一带切口子，吹气，让空气隔开皮毛与肉，接着倒挂羊只，利落地剥下皮毛，即可获得完整羊皮。

由于羊皮水袋仅用来装水，游牧民族多半不会大费周章地去毛。将整张羊皮彻底洗净后，直接放在太阳下晒干，数天后，待羊皮自然干燥，再将干燥的石榴皮磨成粉，与水混合，数度清洗、晒干。

相同清洗程序会反复好几次，不同区域，用来洗涤羊皮的材料略有差异。洗到整张山羊皮全无脂肪与杂质，再将四肢孔洞缝起，以羊颈为开口，即成简易羊皮水袋，内可装水。两头若绑上绳子，即可悬挂或背在身上，方便外出。

羊皮水袋制作完成后，因沙漠干热，不但不会发出异味或腐败，还能反复使用数年。若搁置不用，羊皮自然变硬，再度使用前须以清水泡软；若强力扳开，可能使羊皮破损。一旦废弃不用，则可百分之百生物降解，相当环保。

仅存的卖水人

时至今日，羊皮水袋早已因宝特瓶等现代物品的出现而逐渐消失于庶民生活里，但北非仍能见到羊皮水袋的踪影，除了沙漠深处的游牧民族帐篷尚保留一些，多为摆设，古城观光业也能寻得它的踪迹。

摩洛哥古老皇城马拉喀什(Marrakech)每年迎接无数国际观光客，在知名观光景点，同时也是联合国教科文组织认定的非物质文化遗产德吉玛广场(Jemaa el-Fnaa)，不时可见卖水人穿梭人群中。当地称为 guerrabas，一般多为上了年纪的男性，身穿亮丽红衣，一手拿着黄铜或锡制的杯子，另一手持铃铛，头戴缀有黄蓝红三色流苏的大帽子"塔哈扎"(tarazza)，身背以古硬币装饰的皮包，以及一个羊皮水袋。水袋口装有长长的金属管，方便倒水。卖水人身上有时还会佩戴数个金属杯当作装饰。

guerrabas一词即来自卖水人身上的羊皮水袋 guerba。早年传统社会，饮水取得不易，卖水人以羊皮水袋装满水，在市集或旧城区游走，行人商贾听到铃声，知道卖水人来了，挥手招呼，便可得一口清凉。有些卖水人为了让水的滋味更好，不仅会把水放在特别阴凉的地方，甚至会放入特殊的黑色石块来净化水质。

在瓶装水随手可购得的现代，卖水人依然活跃于马拉喀什的德吉玛广场，也仍然有摩洛哥人向他们买水喝。我与贝桑在沙漠小城里萨尼旧市区闲逛时，若遇卖水人，贝桑也会向对方买水。对他来说，卖水人的水从羊皮水袋倒出来并装在金属杯子里，滋味特别好。

卖水人一身装扮相当亮眼特出，且从事的是摩洛哥特有的传统行业，深受观光客青睐。在各大城不少知名景点，卖水人靠着与观光客拍照，收取费用维生，自然也因应游客拍照需求，服饰愈来愈华丽夸张。

承载家族记忆的水袋

贝桑家族虽已过着现代生活，数年前，贝桑妈妈闲来无事，看到家里宰杀的山羊羊皮相当完整，便拿来亲手做了一只羊皮水袋。这只羊皮水袋虽已有数年历史，仍然相当新颖，没啥味道。干了之后，整张羊皮是硬的，遇水则软化，整只羊皮水袋颇有重量，若在袋里注入水，则更沉重。

对台湾人来说，喝一口从一张完整羊皮制作的水袋里倒出

以整张公山羊皮制成的羊皮水袋

来的水，多少有些心理障碍，贝桑家族却对羊皮水袋有着深厚感情。对贝桑来说，那是在沙漠度过童年的记忆。

只见家族众小孩兴奋地要把羊皮水袋清洗干净，重新装满水，好喝上一口从羊皮水袋倒出来的水，而且对于羊皮水袋能在炎热酷夏中保有水的清凉纷纷赞赏不已，还不忘七嘴八舌地告诉我，贝桑妈妈如何用神奇的羊皮水袋做出超好吃的干乳酪。

值得一提的是，关于乳酪的起源，维基百科这样写道："相传起司(即乳酪)起源于阿拉伯。约在六千年前，阿拉伯人将牛奶和羊奶放入皮革器皿中，作为旅途解渴之用，系于骆驼侧。在艳阳高照的沙漠里颠簸行走数小时后，发现袋内的羊奶已分成两层，一层透明状的乳清及白块凝脂。原来皮革器皿中含有

去毛的羊皮水袋可装水与牛奶，
也是游牧民族制造乳酪的器皿，
在摩洛哥已是相当罕见的古董

类似凝乳酶的酵素，加上旅途颠簸摇荡及被太阳高温照射，乳液随之发酵，形成半固体状态，最初的起司就这样诞生。"

虽然无法确知这是否真是乳酪的起源，文中"皮革器皿"应与羊皮水袋相当类似。在撒哈拉，羊皮水袋的确用于储存牛奶与制作发酵乳品，有些妇女会以剃刀细细刮去羊皮上的毛，专门用来储存奶类。

制作乳制品时，先在地面立三根木头，成三角锥状，将牛乳、羊乳或骆驼乳烧热，倒入羊皮水袋，挂在木制三角锥上，前后摇晃以搅动袋内乳品，尔后悬空搁置，接连数天重复相同的程序，即可制作出乳酪、优格与发酵乳等。

由于以羊皮水袋制作乳酪的程序相当烦琐耗时，进入现代社会后，购物便利，就算是游牧民族多半也不再自制乳酪，取而代之的是便宜又方便的"微笑的乳牛"(La Vache qui rit),目前仅老一辈保有自制乳酪的知识与技巧。我尝过贝桑妈妈以羊皮水袋制作的干乳酪,风味的确是特殊又浓郁。

传统精致皮件

以整张未脱毛的羊皮制成的羊皮水袋看似粗犷原始,却是北非先民善用物资、适应环境的生活智慧。在西撒、毛里塔尼亚与阿尔及利亚一带,亦存在以整张兽皮制成的传统精致皮件。

这类精致皮件会去毛,上有彩绘,做工繁复,传统由女性负责,主要使用羊皮或骆驼皮,需将整张兽皮的毛与脂肪一一去除,反复揉洗,染色并彩绘精致图案,耗费数个工作天才能完成。

贝桑妈妈早年在沙漠生活,擅长揉洗、自制皮革,但表层彩绘则需一定技术与美感,多半交由专人处理。

我收藏了一件已有数十年历史的古董皮革,当地称为"塔比亚"(tabia)或"塔苏法"(tassoufra),判断应是早年用小型瞪羚的皮革制成,质地远比羊皮细致柔软,表面上有些许细毛。袋子开口端缀有两球须状物,为颈部及两只前脚,另一端则有三球须状物,为两只后脚及尾巴。整张皮革质地既柔软又轻盈,与羊皮水袋截然不同,可用来收藏珠宝首饰,或在里面塞入破布与棉花当枕头,而且虽已经过数十年,皮革状况依然良好。

这种整张兽皮制成的传统皮件如今已相当少见,由于做工

撒拉威特有精致手工皮革"塔比亚",由完整瞪羚皮制成

烦琐、需一定技巧与丰富经验,市场又极度萎缩,目前仅少数撒拉威妇女仍保有此项传统技艺,摩洛哥政府虽试图将之观光商品化,成效却相当有限。

贝桑妈妈曾有一件瞪羚做的大型皮件,据说长度超过一百二十厘米,是她结婚时从娘家带来的。这只谁都不知有多少年历史的皮件柔软耐用又轻盈,表层绘有美丽的撒拉威图案,一头缝底,另一头以皮绳封口,贝桑妈妈相当喜欢,把珍贵家当全往里头塞,长年跟着全家在沙漠四处游牧、迁徙。

气候变迁下,沙漠干旱不止,大地长不出足够的水草喂羊,贝桑全家生活愈形捉襟见肘。约莫十年前,恰巧有摩洛哥商人前来搜购游牧民族旧物，再转手高价卖到国外。当时家里急需现金，即便不舍，贝桑妈妈依然把嫁妆拿了出来，几经议价，近乎哀求，装载整个家族回忆的古老瞪羚皮件只卖了不到新台币两千五百块。

游牧民族因气候变迁与沙漠干旱而失去的，岂止是几头羊与传统的游牧经济形态？

十年过去，提及此事，贝桑妈妈态度相当淡然，仿佛那张因家贫而卖掉的祖传皮件与所有物质存在之于她，不过天边云彩来来去去，最重要的是她的亲族血脉能好好地活下去，好好地在一起。

皮风箱

皮风箱又称鼓风器,同样是三毛用来装饰家中的物件之一(详见《白手成家》),摩洛哥人与撒拉威人称为 rabouz。

皮风箱在人类历史上存在已久,可用来将新鲜空气缓缓送进炭火里,方便生火,由木头及皮革制成,一头为尖尖的喷嘴,中间是圆胖风袋。精致的皮风箱往往缀有金属圆扣、贝壳甚或兽骨,特大型或精雕细琢的皮风箱则为室内装饰之用,不仅是让摩洛哥人自豪的传统手工艺品,也渐渐成为观光客喜爱的旅游必买纪念品。

在北非,皮风箱的使用相当广泛,是专业打铁店不可或缺的设备。古城梅克内斯(Meknes)的达尔贾迈博物馆(Le Musée Dar Jamaï)建于一八八二年,为旧时富豪住宅,宅邸内的打铁铺即备有大型皮风箱,炉火热度除了提供打铁,更用作加热富豪澡堂用水。今日皮风箱早已不再使用,状况依然良好。

另一方面,皮风箱深入庶民生活,尤其用于家庭烹饪与煮茶。二十世纪初的比利时画家莫罗（Max Moreau）一九四九年的油画《摩洛哥烹饪》（*La cuisine marocaine*）中，一位老妇神情安详地坐在厨房里清理食材，厨房角落放置陶炉，上置水壶，旁边一只皮风箱，如实呈现摩洛哥厨艺生活。

莫罗于一九二九年首度前往突尼斯旅行，对尔后创作有了深刻启发。二次大战后，一九四七年，他与妻子于摩洛哥马拉喀什居住长达三年，画下了大量北非人物肖像与庶民生活场景，画风写实柔美，留有许多相关作品。

踏进二十一世纪，摩洛哥家家户户早已备有瓦斯炉，皮风箱在乡村与沙漠地带却依然常见，不少偏乡与沙漠家庭即使在城里定居，仍然偏爱以炭火炉子等传统方式来烹调。以撒拉威

打铁铺专用的大型皮风箱

家庭为例，就算住在水泥砖块的楼房里，女性还是保有以炭火慢慢煮茶的沙漠传统。对撒拉威人来说，炭火煮出来的甜茶带着焦糖香氛，完全是瓦斯炉煮不出来的风韵；慢条斯理地一边煮茶一边与亲人或宾客聊天更是每日生活一大乐趣，也让小型皮风箱成为煮茶时控制火候不可或缺的工具。

过往物资不丰的年代里，若逢宰牲节这种全家可大啖羊肉的难得机会，家中出现大量新鲜羊肉、羊肝与羊心等内脏，皮风箱更是不可或缺的烤肉工具。尤其宰牲节后连续数天，亲族相互拜访，共享羊肉与甜茶，家族女性往往从早到晚在炭炉边忙着，或煮茶，或烤肉，皮风箱自然也在女人手里一开一合地忙碌着。

今日在摩洛哥境内流通的皮风箱差异不大，材质多为木头与皮革，以大红色居多。西撒的传统皮风箱虽然功能与造型相同，装饰却自有其独特风格。

典型西撒皮风箱有以下几个特征：一、以金属为主要材质；二、造型为圆形；三、皮风箱表层装饰花纹为手工雕刻，以线条、格子与网状为纹，三角形、方形、菱形等几何图案反复出现。

这种装饰为典型西撒风格，有时也被称为图阿雷格风，可见于西撒、毛里塔尼亚、马里、尼日尔与阿尔及利亚沙漠地带的游牧民族部落，广泛使用于首饰等手工艺品，黑那(henna)彩绘的风格亦然。今日西撒金工师傅制作的首饰，依然可见此风格。

只可惜年代久远且缺乏资料，无法确知三毛当年皮风箱是何种样貌。

我在旧市集偶然购入一个来自西撒的古董皮风箱，特出之处在于用废弃锅底制成。沙漠中的游牧民族爱惜物资，一只锅子即使坏掉都舍不得丢，而是将之改造成其他用具。这只皮风箱的底是金属锅底，另外再做了一只相同大小的圆盖，材质或为锡，中间以废弃轮胎的内胎将两只圆形物粘合，再钉上锡柄，用来送风的长嘴为铜制。

　　五个圆形凸出物深咖啡色部分为乌木，这种装饰风格可见于撒拉威人的首饰、刀柄等手工艺品与器具。

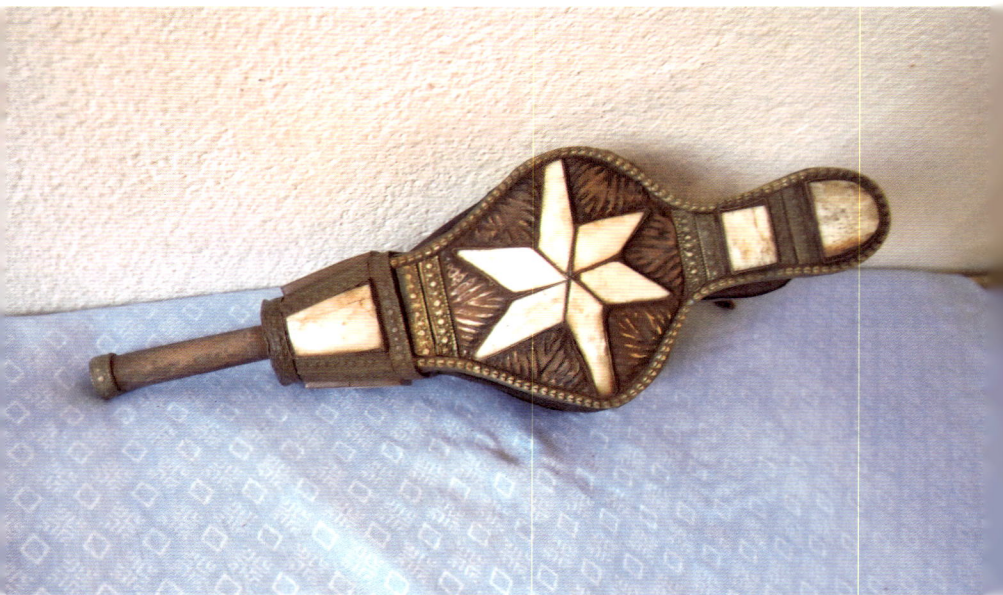

古董皮风箱，主体材质为木头、皮革与金属，并以兽骨或象牙排出大卫星（六芒星）为装饰

撒拉威传统皮风箱

表层装饰纹路为手工雕刻，常见三角形与格子网状等设计

水烟壶

三毛在《白手成家》里提到她收藏了一只水烟壶（chicha）来布置西撒的家。

水烟壶常见于中东及北非，一般称为"阿拉伯水烟"，色彩亮丽的玻璃瓶与长长烟管在视觉上就已是一场缤纷享受，抽水烟时云雾袅袅，带有薄荷或果香的烟味在空间里缭绕，更是让人放松自在，至今也依然是阿拉伯式慵懒、享受与休闲的象征符号。

水烟与烟草

水烟的起源不详，有人认为来自印度，但在摩洛哥较被接受的说法是起源于十五世纪的波斯，当时的物理学家吉拉尼（Abu'l-Fath Gilani）发明了这种用水来冷却并净化烟雾的抽烟方式。

在摩洛哥民间，水烟象征阿拉伯式的慵懒享受，往往与"东方埃及"意象连接在一起，普及率不似外人想象中高，并非家庭必备品，价格低廉且随手可得的香烟依然最为常见，另一种选择则是含在嘴里的烟草。

据媒体《生态生活》(*La Vie Eco*) 报道，二〇二〇年，摩洛哥共消耗七点五九亿包香烟。我认识的摩洛哥男性多半是烟草消费者，没人家中备有水烟壶，对偏乡与沙漠地带的居民来说，"水烟比较是埃及人的东西"。

比起烟草，水烟需要的器具较多，需花时间准备，从装水、擦拭水烟管、点燃木炭乃至装好水烟，整个流程宛若一场仪式，远不如香烟或烟草方便，却也愈发强化了其休闲放松的娱乐性质，适合三五好友一块儿到水烟馆喝咖啡与茶，在烟雾袅袅中共享一壶水烟与人生大小事。另一方面，水烟味道浓郁，会在屋内停留许久，即便是水烟爱好者都宁愿与朋友到水烟馆享受闲散慵懒的气氛。

相较之下，烟草可说是物资不丰的沙漠生活里较能轻易取得的享受，不乏从十几岁就开始抽烟的老烟枪，主要消费香烟与烟草，水烟在沙漠并不普及。

只不过若像是我们居住的梅如卡，一个经济上极度仰赖观光产业的沙漠聚落，观光用品店仍可见水烟壶贩售，又或者贝桑三哥在拉力赛期间前往营区附近搭帐篷、做生意，也会带水烟去吸引潜在顾客。

追寻三毛足迹走访西撒时，我遇见了一位撒拉威烟草达人，他说水烟器具多，不适合时常得逐水草而迁徙的游牧生活，撒拉威人较常见的是用短短的烟管吸食烟草，甚至有专门装烟管、烟草与火柴盒的小皮袋。

说着说着，达人眨眨眼，意有所指地说："现在确实愈来愈多人抽水烟，看起来很时尚，但还是略显娘娘腔了点儿……"

东方主义与抽水烟的毛毛虫

阿拉伯水烟慵懒、放松且充满异国情调的异想与意象，在十九世纪欧洲的东方主义画作中可谓获得了完美发挥，不少画家在呈现"东方世界"的迷情与魅力时，往往将水烟壶入画，以呈现阿拉伯式的慵懒闲散。

在诸多东方主义画家里，法国艺术家热罗姆（Jean-Léon Gérôme）产量丰富且不乏传世之作。他曾于一八五四年前往土耳其旅游，一八五七年造访埃及，对"东方"留下深刻印象，不时以阿拉伯的东方世界作为创作主题。热罗姆擅长历史故事的描绘，并在创作前进行严谨的史料考据。他的画作中数度出现水烟壶，可见水烟壶在阿拉伯世界的普遍性。而对欧洲观者来说，水烟壶同样具有一定程度的阿拉伯文化代表性。

值得一提的是，光是热罗姆画中出现的水烟壶就有好几种形式，且以金属壶装水，与现今惯用的玻璃壶不同。

水烟壶在欧洲东方主义画作出现的场景，即便主要人物为男性，多为休息放松时刻，画中若同时出现水烟壶与女性，场景则往往是引发遐想的阿拉伯后宫(harem)或澡堂(hammam)，女性或坐或卧，酥胸半裸，闲散、慵懒、孱弱，满是情欲且近乎败德。

然而，艺术并非事实的完整呈现，而是创作者加入一己观点与想象的"再现"，尤其是东方主义画作不乏为了满足欧洲殖民者对阿拉伯世界"偷窥式的想象"，偏离真实。一如出身巴勒斯坦的美国学者萨义德(Edward Wadie Said)的批评，西方人往往依据自己的刻板印象来想象东方，笔下的东方往往是弱化的"他者"，以凸显理性而强悍的西方。

古董手工铜制水烟壶，中间可旋开，易于装水与清理，木炭置于顶端。壶身娇小坚固，轻巧且易于携带

热罗姆画作 *Arnaut Smoking*，一八六五年

虽然相对于当时的画家,热罗姆做了较多考据,同时也是那个时代少数亲自走访阿拉伯世界的画家,画作中仍然难免带有欧洲殖民者视角。萨义德名著《东方主义》出版时,便曾以热罗姆名画《弄蛇人》(Snake Charmer)当作书封。

在广义的东方主义脉络里,"阿拉伯"可以是暴力、冲突、非理性、耽溺、淫邪与堕落的象征,却也可以带着神秘、诡谲、直觉、古老与智慧的隐喻。

英国作家卡罗尔(Lewis Carroll)的世界名著《爱丽丝梦游仙境》里有一只在蘑菇上抽水烟的蓝色毛毛虫(The Caterpillar),数度逼问爱丽丝"你是谁",遥遥呼应古希腊圣地德尔菲(Delphes)阿波罗神殿的三句箴言之一,同时也是最有名的一句——认识你自己,并向爱丽丝揭露吃下蘑菇可调节身体大小的秘密。

《爱丽丝梦游仙境》往后衍生出绘图、动画、电影与芭蕾舞等各种艺术形式的演绎。一九五一年迪士尼电影里那只言语看似无厘头的蓝色毛毛虫不仅闲散慵懒地抽着水烟,甚至穿着阿拉伯式的尖头鞋。

英国皇家芭蕾舞团(The Royal Ballet)二〇一一年推出了《爱丽丝梦游仙境》芭蕾舞剧,其中的毛毛虫一角由非裔血统的男舞者诠释,女舞群身着两截式舞衣,露出腹部,头戴薄纱与亮片缀饰,腹部亦围一圈亮片,亦即大众流行文化里的"肚皮舞娘"装扮。非裔男舞者留着络腮胡,裸露上身,头戴缀有亮片及羽毛的印度帽,身着宽裤子,腹部亦有亮片缀饰,符合东方主义脉络里的肚皮舞意象。连带在音乐里，多了些神秘诡谲的气氛，甚至以东方情调的鼓声与节奏做开场。

这样的铺排，全演绎自原著里那只蓝色毛毛虫的"水烟"。

水烟与性别

若说之于欧美，水烟带着阿拉伯式的迷情与慵懒，对生活在阿拉伯／穆斯林文化圈里的人们来说，水烟可有着更为复杂、多样甚至相互冲突的意涵。

在传统社会里，吸烟向来被视为男性专利，近年虽有愈来愈多年轻女性不避讳地在公开场合抽烟，以此作为女性独立自主的宣告，却往往引人侧目。

我们村子梅如卡是欧洲多项拉力赛必经的其中一站。和贝桑结婚前，有回恰巧遇到拉力赛在梅如卡扎营，贝桑三哥特地带了水烟前往选手过夜的营区旁搭帐篷贩卖观光用品，希望以烟雾袅袅且香气迷人的氛围，吸引欧洲年轻人走进帐篷，悠闲地坐下来抽两口，天南地北闲聊中，交交朋友，或许有机会做点小生意。当时贝桑不仅带我去见识拉力赛盛况，还走进三哥的帐篷，跟所有人共享一壶水烟，甚至鼓励不抽烟的我尝试一下水烟的滋味。

结婚后，贝桑态度不变，水烟忽然成了败德的罪恶品，女人更是碰不得。有回接待台湾旅行社的客人在我们民宿晚膳，领队问能不能提供水烟让客人体验，我答应了，贝桑却一脸为难，坚持水烟不能在沙龙里抽，只能在院子的帐篷里享用，还告诫我绝对不能碰，抽了很可能就上不了天堂！

据我观察，有国际观光客前往消费的水烟馆（bars à chicha）装潢豪华舒适，色彩缤纷绚烂，多半也提供酒精，消费族群较无性别差异。传统社区型水烟馆则以摩洛哥当地人为主要消费族群，隐秘性高，仅贩售茶与咖啡，无酒精饮品。

近年渐渐出现带有西方流行色彩的现代水烟馆，大声播放重金属流行音乐，消费者以年轻男性为主。由于普遍来说摩洛哥女性依然不被鼓励消费烟草，自然让水烟近乎成了专属男性的爱好，带有男性威严的意涵，一旦女性同样拿起水烟，或被视为懒惰、淫荡与败德，抑或带有独立自主的女性解放新意象。

而在公众场合拿起水烟，挑战男权，宣告女性自由不羁的知名人物，当属埃及国宝级舞星菲菲·阿卜杜（Fifi Abdou）。

菲菲·阿卜杜堪称"乡村女孩"代表，所受教育不多，传闻不识字，十三岁就加入舞团，曾参与数部埃及电影演出，活跃于二十世纪八九十年代。她的舞蹈以即兴见长，动作变化不大，却相当有力、柔软又自然，在舞台上的存在感极为强大，肢体律动里满是土地与女性的力量，深受民众喜爱。但其大胆、绽放且自由地在舞蹈中展现女性力量的独特风格，也让她饱受伊斯兰保守分子的抨击。

菲菲·阿卜杜最著名的表演之一便是将埃及常见的水烟入舞。她也是第一位将水烟入舞的舞者。众目睽睽下，只见她不仅在舞台上大方享受水烟的美妙，甚至带着水烟嘴翩翩起舞，并由男性帮她端着水烟壶到处跑。艺术独创性与公然挑衅男性威权的意图让这段舞蹈不仅是演出，更具有性别、文化与艺术上的特殊价值，至今仍让人津津乐道。

对摩洛哥人来说，水烟的意涵是丰富甚至是相互矛盾的，既古老怀旧，又时尚新颖，既象征阿拉伯式的慵懒享受，却又是不曾前往的遥远东方埃及。

这几年水烟馆在摩洛哥各大城有快速增加的趋势，消费年龄层下降，愈形年轻化。摩洛哥政府态度暧昧，法律并未明确允许或禁止在公共场合吸水烟，但水烟味道浓郁，久久不散，水烟馆营业至深夜，易有噪声甚或聚众滋事，暗藏酒精、毒品与卖淫等不法交易，引起附近居民抗议，警察亦不时前往水烟馆临检甚至取缔不法事宜。

二〇二〇年三月，COVID-19 在摩洛哥暴发，在长达数个月的封城锁国之后，持续维持国家健康紧急状态，施行宵禁，却数度发生民众在私宅或水烟馆群聚抽水烟，违反规定，因而被警方逮捕并没收水烟壶的案件。虽然被警方取缔的原因并非吸水烟，却也强化了水烟"败德"、"堕落"与"罪恶"的负面形象。

由于水烟牵涉庞大复杂的商业利益，且深受外国观光客喜爱，摩洛哥政府不太可能明文禁止。

沙漠玫瑰

　　三毛的收藏品包含了沙漠玫瑰(rose des sables)，这并不是植物，而是"奇形怪状的风沙聚合的石头"(详见《白手成家》)。

　　沙漠玫瑰多存在于已蒸发干涸的沙漠盐湖或盐盆，含有大量砂粒石膏(gypsum)或重晶石(barite)的共生结晶体在风吹雨打日晒等自然作用力中，生成了宛如玫瑰绽放般的一片片花瓣，因而得名。沙漠玫瑰大小不一，且没有任何两颗一模一样，向来是深受喜爱的观赏石，但其硬度低，容易因碰撞而损毁。

　　如今仍可在摩洛哥的观光纪念品店购得沙漠玫瑰，消费族群以国际观光客为主，国内虽有生产，数量不多，据信有些沙漠玫瑰可能来自邻近的阿尔及利亚与突尼斯。

　　事实上，撒哈拉沙漠蕴藏丰富的古生物化石，三毛笔下的西撒常见贝壳类化石，梅如卡一带较常见的则是菊石类化石，打磨加工后即成可贩售的商品。相对来说，沙漠玫瑰多来自外地。

　　COVID-19 疫情期间，观光客瞬间消失，梅如卡可说全村失业，贝桑在家待得无聊，跑到空旷无人的岩山透透气，竟发现地上散落一堆奇异化石，虽然破碎，仍可研判出自兽骨、牙齿或角的化石，以及些许木化石。

其中最奇特的一颗，兽骨化石里竟藏着沙漠玫瑰！虽因风化作用而有所磨损，依然相当美丽。由于每颗沙漠玫瑰皆为自然生成，我询问多人，仍不知生成原理。

有意思的是，摩洛哥人虽非沙漠玫瑰矿石的主要消费者，但因"沙漠玫瑰"名字优美，矿石形状特出，被昵称为"沙漠玫瑰"的甜食就有两种。一种是摩洛哥甜点 chebbakiya，常见于斋戒月或婚礼节庆时，另一种是在玉米片上浇淋巧克力的法式甜点，两种甜点的外形皆似"沙漠玫瑰"矿石。

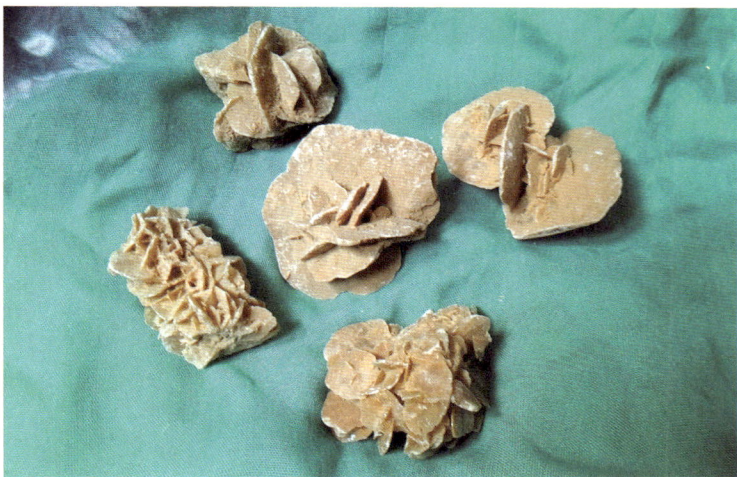

每颗沙漠玫瑰皆独一无二，各有姿态与特色

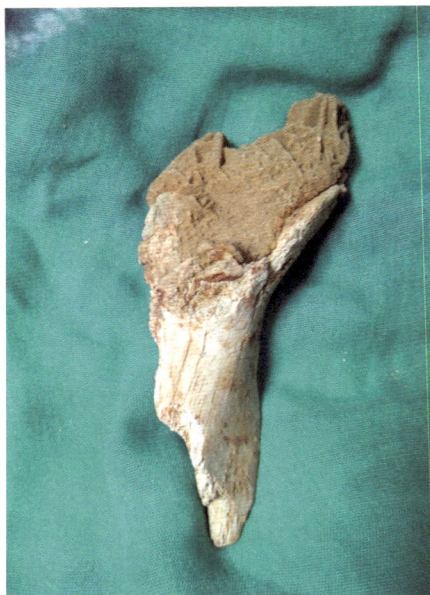

意外获得的极特殊沙漠玫瑰，是
我至今所见唯一一颗兽骨化石
与沙漠玫瑰的混合体

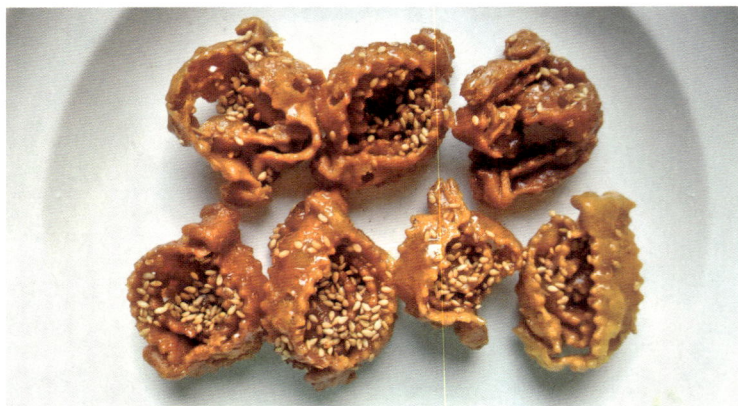

摩洛哥甜点chebbakiya，昵称"沙漠玫瑰"

另一方面,"沙漠玫瑰"一词更代表着自信、欢愉、健康、强悍且接近大自然的女性力量。

专门办理国际越野拉力赛事的法国组织 DESERTOURS(沙漠之旅)自二〇〇一年开办的女性拉力赛即以"沙漠玫瑰"(le Trophée Roses des Sables)为名。赛期定于每年十月,赛程八到十三天,从法国出发,穿越西班牙,抵达摩洛哥,直奔沙漠,分别以四轮传动吉普车、沙滩车与越野摩托车等交通工具,挑战各种沙漠地形。

我住的梅如卡是其中一站,每逢赛事期间可见粉红色赛车在沙丘一带驰骋,可以欣赏自信快乐又精力充沛的女性赛车手身影,有趣之余,也为沙漠经济带来不小挹注。

"沙漠玫瑰"的意象是女性的,悠远辽阔如沙漠,神秘而缥缈,捉摸不定却又引人遐想。英国流行音乐巨星斯汀(Sting)与阿尔及利亚裔 Rai 歌手切布·玛密(Cheb Mami)一九九九年合作的 *Desert Rose* 可说把这个意象发挥到了极致。

曲子里巧妙运用了切布·玛密的阿尔及利亚 Rai 独特唱腔,听来宛如沙漠狂风在旷野里回旋无尽,让这首歌完美带着迷情浪漫的异国情调,如梦似幻,是一朵真真实实绽放于沙漠且让人无法摘取的娇艳玫瑰,如此甜美如蜜,引人堕落,折磨人心,既是危险,也是诱惑。

可以说,虽然 *Desert Rose* 的主要创作与演唱者是斯汀,但若没有切布·玛密的独特嗓音,这首曲子便无法营造沙漠给人的异国情调与"东方"的神秘浪漫想象,也无法如此特出。

手织挂毡

    三毛在《第一张床罩》里写到，沙漠风沙大，需要床罩来保护床单，以免晚上就像睡在沙地上。婚后三个月，她逛起"回教人的小店"，寻找手织挂毡，但多数使用过多鲜红色，不爱，直到有天前往一位沙漠朋友家里喝茶，发现一张美丽的毡子，据说是"祖母时代的陪嫁，只有客人来了才拿出来的"，她聪明地用了些伎俩，顺利买下这张挂毡。

    根据《永远的宝贝》书中的照片，可发现三毛笔下的"手织挂毡"即是北非常见的羊毛手织地毯，是一种专属于女性的工艺品，可铺在地上或挂在墙上当装饰，三毛则买来当床罩。

    手织地毯是非常重要且典型的北非柏柏尔传统女性手工艺品，可当地毯、披肩、被子，甚至做成背包与抱枕，不一而足。编织繁复精密的地毯除了是传统艺术品，更是婚嫁时送给新嫁娘的最佳祝福与礼物。

    阿特拉斯山区某些柏柏尔部落中，年轻女性订婚后碍于传统，无法对未婚夫一诉衷情，往往以手织地毯化作情书，相赠未来夫婿，一来展现灵巧手艺与贤淑内涵，二来表达情意。正因如此，许多精美繁复的地毯多半用于婚礼，三毛说向友人购得的手织地毡是"祖母时代的陪嫁"，确实不无可能。

手织地毯工具与天然植物染

从早期的欧洲画作里会发现，今日尚存的地毯编织方式几乎与过往完全相同。

传统社会所有日常生活用具皆以自然材质，纯手工制作而成。从古至今，羊只都是北非许多人家最重要的资产与经济来源，游牧民族擅长以羊毛、骆驼毛及龙舌兰纤维来编织，一张织物，从剪羊毛、梳理、清洗、染色、揉捻成线，再到手织成作品，皆由家族女性协力合作而成。

一般来说，编织地毯的工具主要有三个：羊毛刷、纺锤与编织专用铁梳"妹格哈斯"（medghas）。

剪下地毯的素材——羊毛后，必须先以羊毛刷来回整理。羊毛刷由两片木头组成，上面粘有金属刷，连接木柄。妇女会将剪下的羊毛放在钢刷上，来回爬梳。

有趣的是，北非常见的羊毛刷，与欧洲早年处理羊毛的工具竟然完全相同，使用方式也非常类似。

羊毛以羊毛刷处理过后，接下来得用双手细心地将羊毛整理成毛线，卷在纺锤上，再卷成毛线球，准备编织。

纺锤为一根木头，在偏乡与沙漠中，有时会把毛线简单地卷在木棍或竹子上，不另外购买纺锤。

正式编织时，先以数根木棍架起编织机，将棉线或毛线来回垂直地缠绕在上面，作为"底"，再将有色毛线平行地前后穿进直线里，最后以专门用来编织地毯的铁梳"妹格哈斯"梳理并夯实。"妹格哈斯"颇有重量，这样不用过度使力便能将直线与横线夯实，紧密连接，成就一张美丽地毯。

早年的"妹格哈斯"多半以几何线条简单装饰，带有独特的柏柏尔风情。现今虽然依然可在市集里购得"妹格哈斯"，但多半已无装饰。

手织地毯材质为纯天然羊毛或骆驼毛，颜色则来自植物染，色彩可以保存相当久，且各家女性有自己的配方，深受喜爱的红色常见于各种织物。

由于是天然植物染，即使风吹日晒雨淋且长期使用，地毯依旧不易损坏。最佳明证就是三毛那张地毯在成为床罩前已多次使用，是"祖母时代的陪嫁"，年代久远，再加上"只有客人来了才拿出来"，在不常使用又妥善保存的情况下，仍然保有鲜艳亮丽的色泽。

此外，纯植物染的地毯历经多年风吹雨打日晒，颜色即使改变，也是转为古朴温暖的色调，将时间的沉淀留在毯子上，是另一种美丽。古董地毯与新织地毯，魅力不甚相同。

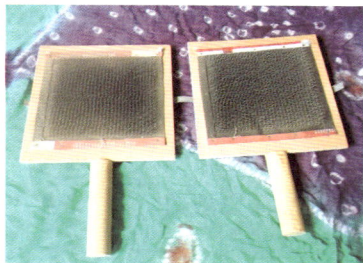

内侧附有金属刷的羊毛刷

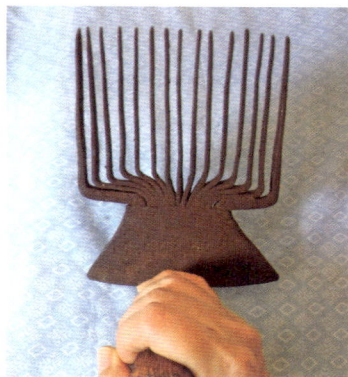

我收藏的"妹格哈斯"已有百年历史

早期"妹格哈斯"多半以几何线条装饰

传统编织架,相当简单

符号里的讯息

从《永远的宝贝》书中照片判断，三毛的地毯比较接近柏柏尔风格，织法细腻，上头反复出现的菱形图案尤其含藏深意。

目前所谓西撒的撒拉威人里，少部分为柏柏尔人，多数为来自阿拉伯半岛的贝都因人。柏柏尔人是北非第一批住民，或游牧迁徙，或农耕定居，有些在城里经商。

以目前北非传统手工地毯来说，以阿特拉斯山脉的柏柏尔人工艺为优，市面流通的地毯多半出自柏柏尔妇女之手，图案繁复且做工精致。长年游牧的贝都因人，其手织品的艺术性与繁复性，稍不及已在山区定居的柏柏尔人。

五十年历史以上的古董地毯，植物染的颜色在岁月淘洗后化作温润质朴的色调

不乏艺术等级的柏柏尔手织地毯，精致高雅且独一无二

柏柏尔人拥有一套独特的象征与符号系统，应是早期柏柏尔书写系统的遗留，灵活运用在地毯、刺青与建筑里，含藏的讯息泰半关乎生育、巫术、超自然世界及"邪恶之眼"，整体意义不脱离"护生"，时而记录自然环境与日常生活，甚至可能是一封情书。

　　其中，菱形图案出现频率极高，有时以上下两个三角形组成，多半象征生育；图案若以菱形或三角形（即半个菱形）连续拼接成，或象征"邪恶之眼"，或生命循环不息的延续性。有时菱形面积较大，上有繁复格子花纹，则为阿特拉斯山狮子爪印的图腾，象征着力量与富庶，如同"邪恶之眼"的意义，具有不受阻邪恶力量，保护生命的意义。

阿特拉斯山脉的柏柏尔手织地毯，配色与织工皆相当特殊精致

柏柏尔地毯上的几何符号泰半关乎生育、巫术、超自然世界等

中东与北非伊斯兰国家深信人的忌妒将产生"邪恶之眼"，带来危害，民间因此出现许多"邪恶之眼"工艺品，道理类似以毒攻毒，反弹邪恶的能量，保护自己不受伤害。而在柏柏尔地毯里的展现，便是菱形图案。

与"邪恶之眼"信仰相关的造型，另有"法蒂玛之手"，功能与意义相同。

三毛的柏柏尔地毯

三毛这张典型的柏柏尔图腾地毯颜色以黑色及绿色为底色，缀之以白、蓝、红及黄等色，皆为正色。黑与白色应为羊毛原色，阿特拉斯山谷种植大片靛蓝植物，可将白色羊毛染成蓝色，金莲花则可将羊毛染成黄色，茜草等数种野生植物的根部则染出了红色等。

对柏柏尔人来说，每种颜色各有象征意义，黑色是负面的，象征"邪恶之眼"；白色带来幸运，常在仪式里使用；黄色具有预防灾难的神奇魔力；绿色代表繁荣昌盛；蓝色预防"邪恶之眼"危害；红色具有疗愈等神奇效果。

地毯的图案则以菱形及三角形为主，菱形一般意喻"邪恶之眼"，较小的菱形代表生育，较大且花纹繁复的菱形则可能代表阿特拉斯狮的狮掌，含藏的共同意喻皆是"护生"。对原住民来说，若能阻挡邪恶力量，不受邪灵侵扰，生命自然生生不息。

地毯正中央有一小块黑白交错的纹路，同样是柏柏尔编织工艺的典型展现,至今依然盛行。地毯的上方与下方有一排三角形相连的图案,可视为"半菱形"来诠释,意涵同样是"护生",但因未完整(三角形是菱形的一半)且相连,带出"连绵无尽"的讯息。也可将三角形视为山的隐喻,峰峰相连如蜿蜒起伏的阿特拉斯山。蓝色与白色交织成的压线,则可象征山谷间的涓涓溪水。

民间自用地毯

摩洛哥民间常见的还有一种回收环保地毯,多半为手作者自家使用。不论乡间或沙漠,无论柏柏尔妇女或贝都因妇女,皆可见环保地毯的制作。

早期物资匮乏,所有物品皆可回收、再利用,妇女舍不得丢弃破旧毛衣,往往将毛线慢慢拆下来,卷成毛线球,重新编织成地毯。由于毛线来自回收旧毛衣,多半褪色且多有磨损,织成地毯后以自用为主,较少对外贩售。

至于织法,仍以柏柏尔妇女手工艺为优,不仅有能力自行为毛线染色,而且技巧纯熟,图案多样且蕴藏文化意义。相较之下,贝都因人的编织技法相当简单,虽然图案与柏柏尔图腾形似,但简化很多,颜色亦较单调,多为毛线原色,也无法将毛线染色来寻求更多样的色彩变化,配色方面也较不讲究。

如是之故,贝都因妇女的手织地毯多半以自家使用为主,市面流通的多半是精致优美的柏柏尔地毯。

典型撒拉威女性手织物相对简单，无复杂图案。此件织物已有五十年历史，颜色依旧鲜艳

撒拉威环保地毯无繁复设计与图案，织法简单且重复性高，供自家使用

撒哈拉两种鞋

在三毛文字里，"沙漠的鞋子"出现过两种，一是姑卡"一双黑黑脏脏的尖头沙漠鞋"（详见《芳邻》），二是搭便车的撒拉威老人情急之下拿来拼命敲荷西的"硬帮帮的沙漠鞋"（详见《搭车客》）。

三毛并未多做描述，但光从鞋子的种类即知沙漠生活的不同面向。

尖头平底拖鞋

姑卡那双被三毛称之为"尖头沙漠鞋"的鞋子，就是阿拉伯／伊斯兰世界常见的尖头平底拖鞋(babouches)。babouches来自波斯语 papush，最早出现于公元三世纪，以平底、无跟、包住脚趾且皮革制为特色，柔软舒适，脚踝可露或不露出，今日在摩洛哥各地依然相当常见，甚至被视为经典摩洛哥鞋。千年古城非斯的古老皮革染坊现今持续制作软底皮革平底鞋,深受国际观光客喜爱。

虽然三毛以"黑黑脏脏"形容姑卡的鞋,许多尖头平底拖鞋可是精致无比的手工艺品,以珍贵番红花染出高雅的鹅黄色皮革,甚至绣上金线银线为装饰者,皆而有之。十九世纪东方主义画作中,西方画家描绘东方女子在装潢华丽的屋舍里悠闲歇息,总不忘以一双精致优雅的尖头平底拖鞋点出某种雅致富裕的异国情调。

尖头平底拖鞋今日仍是摩洛哥常见的平民鞋款,形式多样。男鞋多半素面,或加上简单缀饰;女鞋变化丰富,鞋面缝上珠珠、亮片、毛线小球,或以金银绣线缝绣。

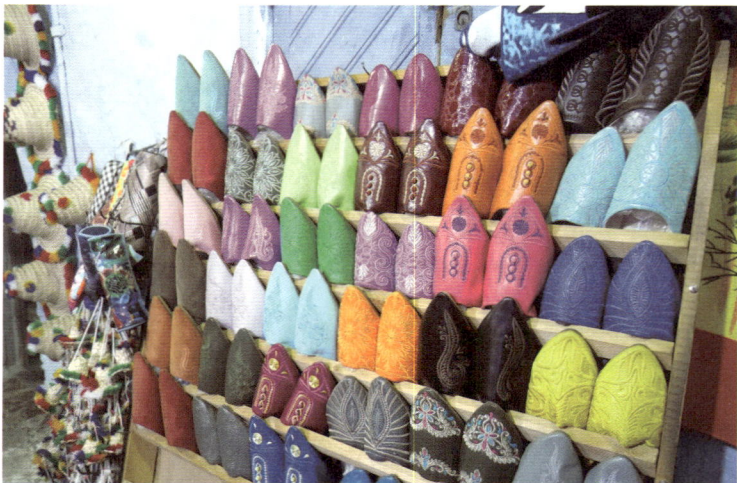

摩洛哥常见的手工皮革尖头平底拖鞋(摄影:林子卿)

为了迎合现代消费者喜好，女款尖头平底拖鞋如今渐朝凉鞋与高跟鞋的形式演进。婚礼等正式场合中，女性穿着的尖头平底拖鞋除了以金色或银色绣线装饰鞋面，偶尔缝上白珠，有些鞋底演变成较矮的厚底鞋，有些甚至出现低矮鞋跟，和高跟鞋愈来愈像。

摩洛哥不同地区的尖头平底拖鞋各有特色。

古城非斯的风格较为典雅细腻，以绣线与珠珠亮片居多，甚有繁复皮雕，较不耐穿，适合室内穿着。由于鞋底为皮制，又是手工缝制，若要当成外出鞋，购买后多半会请工匠加上一层橡胶鞋底。

南部靠近阿特拉斯山与撒哈拉一带的鞋底偏厚，脚踝处有皮革，若将皮革往下压，尖头平底拖鞋即成拖鞋，亦可将皮革竖起，让整双尖头平底拖鞋更接近皮鞋的形式。

相对于细腻雅致的非斯风格，柏柏尔风格的尖头平底拖鞋粗犷而不失华丽，鞋尖较圆，可当成露出脚踝的拖鞋或包住脚踝的皮鞋穿，鞋面装饰使用绣线，并以红黑黄绿等正色为主，或缀有小毛球与铁片，更显柏柏尔特色。

总的来说，尖头平底拖鞋不仅依然是民间常见鞋款，更是摩洛哥文化的表征。逢重要场合，王室若着传统服饰，脚上往往穿着素面尖头平底拖鞋，颜色以黄色或白色为主。

接近南部沙漠地带的男用尖头平底拖鞋，鞋尖较圆，鞋底较厚，鞋跟部分的皮革可竖起或压下

非斯风格的男用尖头平底拖鞋，鞋尖较尖，正黄色男鞋多为婚礼或正式场合穿

南部山区与沙漠地带的柏柏尔风格尖头平底拖鞋，鞋尖较圆，鞋面装饰使用绣线，以红黑黄绿等正色为主，或缀有小毛球与铁片

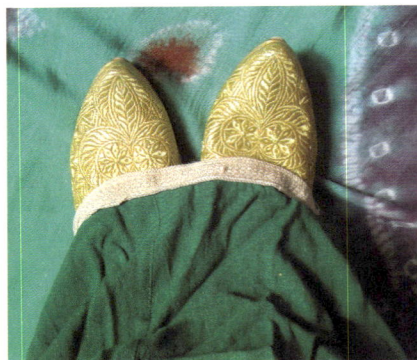

以金色或银色绣线装饰的女用婚礼尖头平底拖鞋，看似低跟鞋，实则平底，鞋尖翘起。穿上正式服装尤其是裙尾极长的礼服caftan后，只露出鞋尖

轮胎硬底鞋

至于硬邦邦的沙漠鞋，又是另一种更在地的沙漠氛围与生活场景。

在沙漠深处逐水草而居的游牧民族不时得行走于碎石满布的荒芜砾漠。硬地行走，亟须耐穿耐磨的鞋子保护双脚并顾及通风，是而老一辈游牧民族多半穿着手工皮制凉鞋，且往往在坚硬鞋底再加一层旧轮胎。他们会请修鞋师傅依照鞋型，从旧轮胎上割下适合的形状，以强力胶粘在鞋底，并以小钉子牢牢钉住。

硬底游牧民族鞋与这种做法虽已因生活形态改变而大为减少，今日仍可见于摩洛哥南部沙漠地带。

另一方面，约莫自二十世纪下半叶起，现代用品逐渐走入沙漠居民的生活，伴随着气候变迁而来的常态性干旱也让愈来愈多游牧民族放弃逐水草而居的经济形态，走入定居，硬邦邦沙漠鞋的消费需求逐渐减少，取而代之的是西式皮鞋、布鞋、塑料凉鞋，甚至是夹脚拖鞋。

现代生活模式不同以往，制造手工轮胎硬底鞋的师傅如今逐渐减少，尚坚守岗位者尝试将沙漠鞋"精致化"：仍是手工皮革与轮胎硬底，但颜色更多元，鞋款则参考西方凉鞋与夹脚拖，材质甚或加入粗棉线，整体造型更有设计感。

目前在沙漠地带的旧市集里，依然有手工师傅回收旧轮胎，制作成各种适合沙漠使用的生活器皿，便宜又好用，消费者多为农家、牧民与矿工。当然，他们也依然提供将旧轮胎缝合在鞋底的服务，做法虽简单，手工却相当纯熟细致。

沙漠小城里萨尼市集的手工师傅把按照鞋型剪下的旧轮胎以强力胶粘在鞋底后，再以小钉子将旧轮胎牢牢钉入鞋底

加上旧轮胎鞋底的尖头平底拖鞋增加了不少
重量，虽耐穿却又硬又重，反而磨脚，但从正
面几乎完全看不出来

现代沙漠鞋逐渐走向精致化，较有设计感，颜
色较多元，也加入棉绳等

游牧民族专用的手工鞋虽为皮革制，但因鞋
底往往加了一层旧轮胎，又硬实又厚重

用回收旧轮胎制成的水桶与牲畜饮水盆等

撒拉威服饰

三毛笔下偶尔可见对撒哈拉当地服饰的描述，着墨不多，却颇能点出沙漠特有的人文氛围与自然特色，三毛与荷西也曾身着当地传统服饰，在沙丘上留下俪人情影。

撒拉威传统服饰相当宽松、通风，非常适合沙漠气候，而且行动自如。另一方面，在撒哈拉，男女性别角色鲜明，衣着自然有着极大不同。男性穿着"达哈"(darâa)，偏好蓝色或白色，包头巾；女性平时穿着包裹全身的"媚荷法"(melhfa)，婚宴庆典时则有另一套传统服饰，并于此时今日成为撒拉威人的身份与文化认同表征。

裹住女性身躯的长布巾

撒拉威女孩子小时候身穿类似达哈的连身裙，里面穿宽松长裤，成年后则披上媚荷法。

三毛在《娃娃新娘》里有类似描述："那时的姑卡梳着粗粗的辫子，穿着非洲大花的连身长裙，赤足不用面纱，也不将身体用布缠起来。"直到姑卡订了亲，"不到一个月，姑卡的装扮也变了"，开始以长布巾包裹身体。

　　"非洲大花的连身长裙"就是今日北非小女孩日常穿着的宽松连身衣裙，订亲代表成年，以长布裹身，亦即穿上包裹全身的媚荷法。

　　媚荷法是一块长约四米的手工植物染棉布，宽度不超过一百六十厘米，有些是日常穿戴，有些专门用于节庆盛宴。传统媚荷法以毛里塔尼亚产品为优。在长条棉布上以简单植物染

"非洲大花的连身长裙"今日依然是北非常见女性居家衣着，其实就是宽松的连身长裙，内搭长裤

技法渲染缤纷雅致的色彩与图案，用长布围裹全身时，美丽的图案便会巧妙地落在额头与身体正前方。

穿媚荷法时，首先得将长布一端折出适合的长度，在长的一方打上两个小结，将长布套在身上，再将剩余部分缠裹住头与身体，此时可依随各自身形调节松紧，最后再将头发塞进布里，盖住耳朵。若遇陌生人或风沙，则将媚荷法遮住口鼻，只露出眼睛。

进入现代社会，撒拉威女性仍然日日身披媚荷法，而且布料选择更多样、更鲜艳，来自毛里塔尼亚的传统手染布依旧深受喜爱，城市里也可购得相对便宜的现代中国布料。

媚荷法是一条未经剪裁的长布巾，上有图案

撒拉威女性穿媚荷法时会技巧纯熟地调整布巾,让花纹图案落在头、胸与腹部

上黑下白的女性节庆盛装

另一套独特的媚荷法是姑卡在婚礼时的装扮。

三毛对姑卡婚礼的描述相当详细,例如新娘的头发被编成三十几条很细的小辫子,编入彩珠,戴上假发,头顶插满发亮的假珠宝,下身穿着打了许多褶的大白裙子,上身则用黑布缠起来。

这身新娘行头至今依旧盛行于西撒婚礼中,也是与贝桑结婚时我被打扮成的模样。如今这套上黑下白(或上黑下淡蓝)的节庆盛装打扮已成撒拉威女性的身份表征,高雅大度,万种风情与满满的土地能量,在在是撒拉威文化的尊严与荣耀。

另一方面，镶着假珠宝的假发至今依然是撒拉威新娘、参加婚宴女宾与女孩儿的装扮。虽说是"假发"，更精准形容应是有着各色珠珠缀饰的发片，可在南部沙漠城市购得，属于较高级的饰品。这种发饰的起源不详，却能让所有撒拉威人一看到就露出喜悦笑容，是一种传统女性饰品。

我珍藏了一个有数十年历史的古老发饰，主要材质为皮革，做成三朵如四瓣花一样的形状，穿在一起，上头以手工磨过的白色贝壳、细小螺贝与绿红两色玻璃珠为装饰，可戴在额头上，这种形式目前在撒拉威发饰里仍然可以见到。

今日常见的撒拉威婚宴发饰是将长长的假发编成一根根极细的辫子，再以针线缝入假珠宝，如白色珠珠、贝壳状金色塑料片与各色小玻璃珠等。或是以类似材质穿成项链与手链，颜色多为黑、金、深黄、白、红及绿色等撒拉威人偏好的典型配色，上头缝有松紧带，往后脑勺一套，即可将缀饰固定在额头上，细细长长的发辫垂落脸庞。如今此类饰品多为毛里塔尼亚进口，手工更细致，风格更地道传统。

对撒拉威女性来说，这几乎是传统婚礼必定佩戴的行头，对小女孩来说更是如此。十岁的撒拉威小女孩涵涵跟我说，有一回和妈妈去参加亲戚婚礼，现场所有小女生中只有她没有传统发饰。言语间除了遗憾惋惜，还有着早熟懂事的淡然豁达，以及对传统发饰的情感与爱恋。

由于这种发片装饰以当地物价来说价格偏高，又是最能代表婚宴喜庆的典型饰品，且有撒拉威女性身份认同的文化意涵，撒拉威小女孩若是获赠发饰，往往开心得不得了！

西班牙殖民期间，上黑下白且戴着满头首饰的女性装扮就已是撒哈拉之美的象征符码，数度成为西班牙邮票的特殊图案。如今，撒哈拉沙漠南部若举办盛大节庆，包括宣传在地文化与促进地方观光的国际游牧文化节，这套服饰依然是女人家与小女孩出席正式活动时的穿着。

二〇一九年底，祖先来自摩洛哥撒哈拉沙漠的服装设计师诺拉·撒拉威(Nora Sahraoui)在美国迈阿密的 Xela Fashion 时装秀里，就让模特儿穿上这套黑白传统服饰，并戴上传统假

上黑衣下白裙是典型的撒拉威传统女性服饰，被视为撒拉威女性身份表征，常见于婚宴等场合

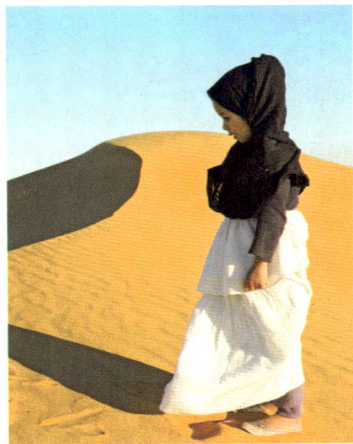

参加亲族婚宴的小女孩也穿上黑下白的传统服饰

虽都是撒哈拉沙漠的游牧民族，柏柏尔传统女性服饰（左）与撒拉威传统女性服饰（右）差异极大

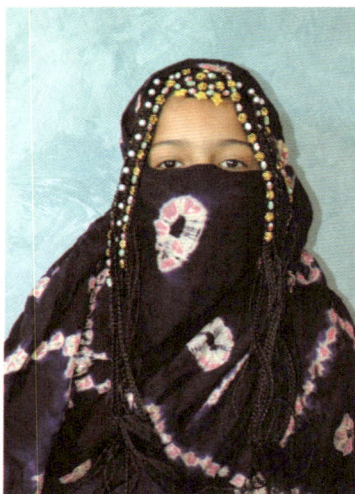

若遇陌生男性就用媚荷法遮住脸部，只露出眼睛，发饰垂在外面

依然在撒哈拉市集热卖的传统发饰

由婚礼发饰衍生的头饰是小女生的最爱，价格相对高昂

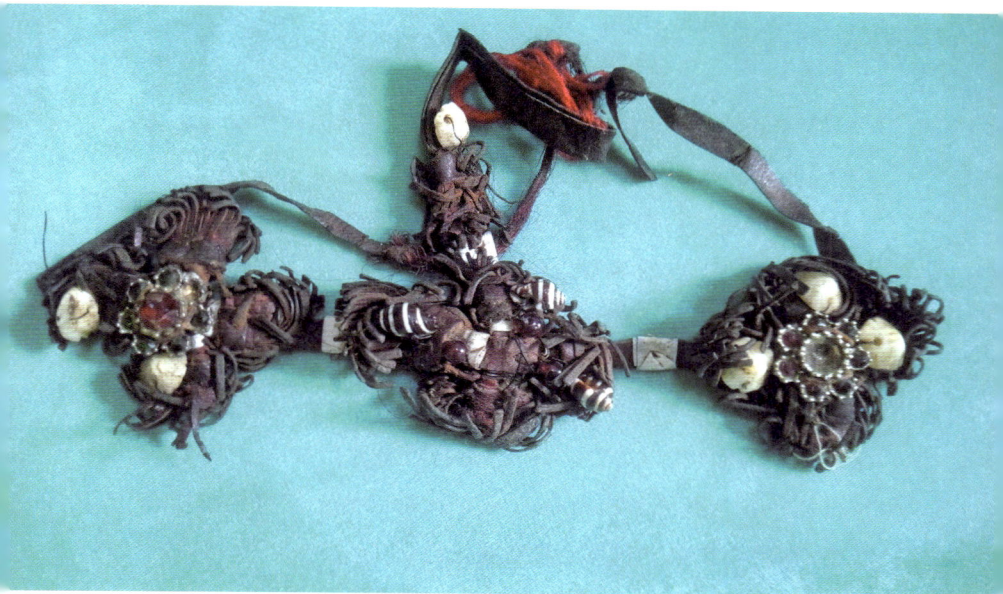

我收藏的古董发饰，以皮革、贝壳、螺类与彩色玻璃珠制成

发与珠宝，脖子上甚至戴了一条传统"布各德特"（boghdad）项链（南十字星项链）[①]，以此展现撒拉威文化之美。

特殊靛蓝色调

三毛写道："罕地替她买了好几块布料，颜色不外是黑、蓝的单色。因为料子染得很不好，所以颜色都褪到皮肤上，姑卡用深蓝布包着自己时全身便成了蓝色，另有一种气氛。"

---

① 请参考291页。

三毛未必知悉撒哈拉当地风俗，资讯也不如网络时代容易搜寻，此处可能有所误解。

　　我推测这应该是一种名为"尼拉"（nila）的高级手染布，售价高昂，由纯天然植物制成的靛蓝色染料染制而成，多半来自阿尔及利亚与毛里塔尼亚。

　　这是一种颜色极深的靛蓝色，接近紫色甚至黑色，将手染布披在身上后，布上的蓝色染料会自然而然渲染在身上，具有保护皮肤的作用。早年法国人称撒哈拉游牧民族（尤其是图阿雷格族）为"蓝人"（l'homme bleu），就是因为他们身穿靛蓝色衣物，而且会在脸上和手上渲染靛蓝色彩。

高级靛蓝色染布可做衣服或头巾使用，乍看似黑色，实为极深的蓝紫色，在阳光下会发亮，目前已逐渐从市面上消失

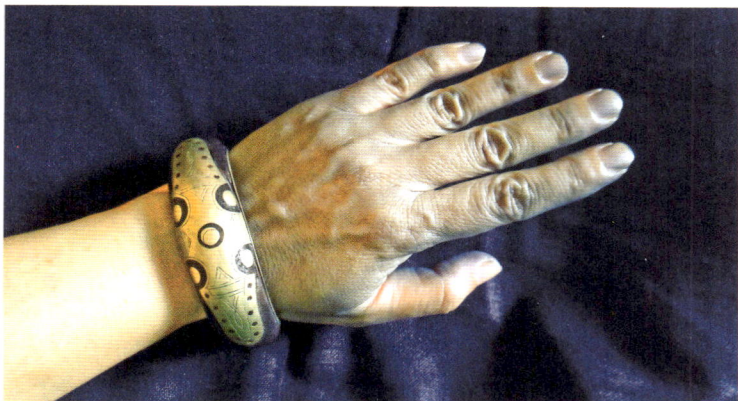

尼拉是由毛里塔尼亚进口的高级布料，乍看似黑，实为极深的蓝紫色，在阳光下闪闪发亮。靛蓝染料极易沾染皮肤，手背与手腕可见明显色差，撒拉威人认为其可保护皮肤不被艳阳晒伤，甚至有美白效果

任何传统社会中，婚礼都是大事，不仅是重要的生命礼仪，更关乎双方家族的颜面，以及庞大家族成员之间的情感凝聚与人脉关系再确立。在如此盛大、慎重且欢庆的场合中，使用比平时更高级昂贵的布料，应该更合理。

撒拉威传统男性长袍

男性穿的传统服饰一般分为达哈、"甘杜拉"（gandoura）与"吉拉巴"（djilaba）。

达哈是撒哈拉沙漠地区男性穿着的流行服装之一，宽大的

身着甘杜拉的父亲,海风鼓起衣裳,宛若翩翩起舞的蝴蝶

歌手将宽大的甘杜拉衣袖下摆卷起挂在肩膀上,方便打节拍

今日较常见的吉拉巴,长袖,左胸口有个大口袋,袖口及胸前绣有美丽图案,以蓝色与白色最常见

吉拉巴背部亦绣有图案

外衣,两边敞开,胸部开襟拉得很低,左侧设有口袋"艾雷布纳"(ellebna)。达哈的胸口与口袋往往绣有美丽的图案。

搭配的裤子有两种,一种是系细皮带的"克沙"(kchat),另一种是类似灯笼裤的"史坦贝"(stembel),臀部较宽,往下逐渐收窄,裤子长度约到小腿中间。

第二种男性长袍甘杜拉的款式类似达哈,但更宽大,两侧开口极低,价格也比较高,较适合年长、体型壮硕、气场足或较有威望的男性。为了方便行动,撒拉威男子有时会将甘杜拉下摆往上卷,挂在肩膀上。

对撒拉威男子来说,甘杜拉意义不凡,是更纯粹的撒拉威风格。甘杜拉极为宽大,几乎可说是两大块长方形布料缝住肩膀的部分后就直接套在身上,胸膛处再绣以美丽图案。婚宴庆典时,男孩子穿着甘杜拉、包上头巾,随着鼓声和歌声跳舞、转圈圈,宽大的袖子和衣摆随着动作飞舞,帅气迷人!

若是较靠近北部的撒哈拉沙漠地区,如扎古拉(Zagora)和梅如卡,这一带的男性传统服饰的常见形式已较接近吉拉巴,名称亦同,虽然仍以蓝白为主,胸膛同样绣有美丽图案,左胸前的大口袋也还在,但设有长袖,靠近臀部两侧则设有开口,方便穿长袍时从长裤口袋取物,而且长袍下的穿着已是一般现代服装。

就现存三毛与荷西的撒哈拉老照片来看,两人穿着达哈,三毛穿白色,荷西穿蓝色,底下搭配同样材质的宽松长裤,长袍开襟与胸口绣有图案,左侧上方图案形似南十字星,左侧下方大口袋上绣有与新月同为伊斯兰象征的五芒星,上下两条起伏曲线围绕着五芒星,让落在口袋上的图案颇似"法蒂玛之手",却又似沙丘蜿蜒起伏,或如河流蜿蜒。右侧上方有个圆形图案,中间一个圆点,由四条线贯穿,将圆分成八等分,整体形状看似一颗眼睛,有可能是"邪恶之眼"的符号,但因照片老旧,相当模糊,无法确认。

迈入二十一世纪,一身传统长袍已成沙漠人的文化标志,但沙漠中人多半不再严格区分达哈、甘杜拉或吉拉巴,小男孩一穿上传统服饰就开心得不得了,甚至觉得自己长大了,是真正的撒拉威人!

旅游业尤其如此,即使是最低阶的骆驼夫也得穿上传统长袍才能为观光客牵骆驼。这不仅是自身文化表征,对观光客来说也是沙漠标志与异国情调的氛围,拍照更好看、更有沙漠的范儿,有些游客甚至特意穿上长袍在沙漠留影。

然而,一身长袍要价不菲,售价与材质及绣工有关,最便宜的一件也要新台币一千元上下,对工资不高的沙漠人来说是笔不小的支出。曾有年轻人向我抱怨,说自己平时靠牵骆驼和在饭店打工挣点生活费,不是天天都能上工,工作时却非得穿上那套行头,而且不能太脏太旧,传统长袍对收入不多又不稳定的他来说着实成了负担。

另一方面,对于撒拉威人与摩洛哥其他区域的人来说,一身传统长袍已是沙漠中人的身份表征,甚至是"撒哈拉"的代名词。

在我们村子里，贝桑无论出门或在家，一定会穿长袍、绑头巾。若往西撒的方向走，他甚至会换上更具有撒拉威意涵的黑头巾与更宽大的甘杜拉。

然而，若我们进入大城市，如经济大城达尔贝达、首都拉巴特、千年古城非斯、观光大城马拉喀什，或是前往北部里夫区，他绝对会换掉传统长袍，也不绑头巾。尤有甚之，他从来不以撒拉威打扮搭乘公共运输工具或踏进城市里的大卖场。

他说是为了避免城里人发现他是沙漠来的。再追问下去，他嗫嚅地说："城市人都觉得我们沙漠来的是穷人，啥都不懂，

在我们村里，无论上工与否，贝桑一定一身传统长袍外加头巾

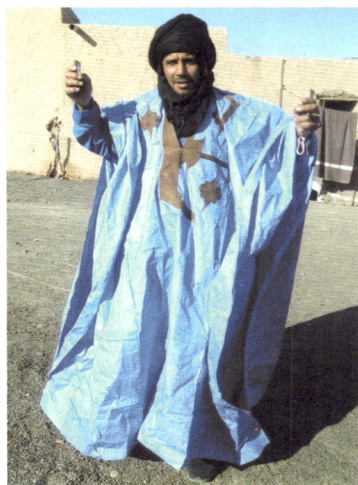

若往西撒走，深以撒拉威文化为荣的贝桑会刻意换上宽松的甘杜拉，包黑头巾，更具西撒风格

瞧不起我们，如果被他们发现我是沙漠来的，很可能会故意骗我，或东西卖特别贵，低调一点，不要穿长袍，比较安全。"

头巾

沙漠中人时常包着头巾"利坦"（litham），这块长长的布可从两米到八米，随人喜好，较常见的是四米。有些人喜欢在头上多缠几条，创造出宛如帽子的遮阳效果。头巾传统颜色为深蓝、浅蓝与白色，材质为棉布，现今颜色已愈来愈多，五彩缤纷。

传统游牧时代物资少，又常移动，擅长使用单一物品满足多种需求。

多功能的头巾包在头上可挡风、遮太阳、擦汗、御寒，沙尘暴来袭时可以保护眼耳口鼻，晚上睡觉可以包住头不受昆虫侵扰，或者盖在身上御寒，受伤时可用来包扎，或是汲水当绳子，或当骆驼牵绳，手边没篮子时更可卸下头巾，随手包裹物品。

我曾目睹贝桑用头巾修好了摩托车——虽然至今想不明白他怎么修的，但他以一条头巾救了好几个台湾游客的命，我可是永生难忘！

贝桑和我在撒哈拉专职推动深度文化导览与生态旅游，以四轮传动吉普车为代步工具，带领游客探访坊间旅行团无法抵达的秘境，呈现沙漠自然景观与游牧文化的特色。而在荒漠推动这样的旅游行程，除了市场需求等现实考验，最大的变因是天候。在沙漠，永远是老天爷最大，有时白天风和日丽，傍晚却

沙漠男儿将头巾解开来，可发现不过是一条长长的布巾

沙漠男儿必备的头巾各有各的绑法

狂风大作，在在考验我们随机应变的能力。如何带游客走出天候不佳的荒野沙漠，回归文明村落，仰赖的永远是贝桑对沙漠的熟悉。

我们在沙漠的导览工作刚起步时，很幸运地与一家台湾旅行社合作，带他们的客人深入撒哈拉，一一探索我们安排的秘境。行程最后是在一处人烟稀少的高耸大沙丘附近看日落，待夕阳落入地平线的那方，夜幕落下前，我们便会以吉普车载游客回饭店，为一整天的行程画下完美句点。

某一次，吉普车队于傍晚抵达大沙丘，十几位客人纷纷下车，鱼贯往大沙丘走，我与贝桑沿路步行护送。夕阳正美，天边晚霞瑰丽如火，客人放松地坐在沙丘群上休息、聊天、拍照。在带团的台湾资深领队S鼓舞下，七八个客人起身，准备跟他一起"攻顶"，爬上大沙丘顶峰看夕阳。

贝桑望了望东北方天空，和颜悦色地说，远方天空正在急速变化，很可能会发生沙尘暴，而且正朝我们的方向而来；大沙丘极为高大，愈接近顶峰，沙子愈细软，攀爬不易；况且再不到一小时就天黑了，客人全是都市来的，体力远不如当地人，万一真有沙尘暴来袭，恐怕无法安然下山，建议放弃攻顶，以免横生意外。

众人面面相觑，S却毫不犹豫说："放心吧！沙漠我来过好几次了，摩洛哥的沙漠、突尼斯的沙漠，我全熟得很，不会有事的。更何况，我们一团都千里迢迢从台湾来到撒哈拉了，这么美的大沙丘，怎么能不攻顶？"在他吆喝下，一行人兴冲冲朝大沙丘顶端走。

贝桑不说话，坐卧在沙丘上，沉默地望着天际。

约莫半小时后，沙尘暴果然席卷而来，黄沙漫天飞舞，能见度瞬间几乎降至零，细沙打在身上和脸上很痛，细微粉尘更让人无法呼吸。

贝桑二话不说，起身绑好头巾，遮住口鼻，挥手要没攻顶的客人们先回吉普车，吉普车司机会照料大家的安全，自己在狂烈风暴中转身，一步步踩着大沙丘的柔软细沙朝顶峰前进。

站在原地的我不敢移动，既无法放下贝桑和台湾团独自逃生，也不敢跟着贝桑往大沙丘顶走，自知体力不足，只怕给他更大负担。

我整理头巾遮住鼻口，风沙大得让人几乎无法睁开眼睛，狂风也吹得人几乎站不住，脚下沙子愈堆愈高，仿佛将人牢牢钉入沙丘。心里虽然担忧，却也知道我们很快就能脱困，有在沙漠土生土长，极度爱恋沙漠且对沙漠每个地方了如指掌的贝桑在，即便沙尘暴愈来愈狂、愈来愈烈，他一定可以把所有人都带下山。万一时间拖太晚或有任何闪失，每位吉普车司机都是在地游牧民族出身，也有能力帮忙解决问题。

不知过了多久，天儿近全黑，雾茫茫的微弱天光中，台湾客人终于出现了，先一个，再来两个、三个……我赶紧问："其他人呢？"他们说在后头，很安全，贝桑正带大家回来！

过了好一会儿，摇摇晃晃的S也出现了，沉默地往山下的吉普车走，又再过了一会儿，是贝桑。终于，所有人都回来了。

　　贝桑护送所有人回来后，清点人数，确定所有人都上了车。此时夜幕已落，天空不时打雷，沙尘暴愈发狂野地席卷天地。贝桑马上发动车辆，冲在前头，带领整个吉普车队穿越沙尘暴肆虐的沙漠，沿途不发一语，专注于诡谲多变的天候与崎岖不平的路况。

　　天候实在太糟了，狂风不止，闪电交加，伸手不见五指，能见度极低，偏偏我们还在沙漠深处，连我都不免担心，客人更是惊讶地问："天这么黑，又有沙尘暴，什么都看不见，贝桑怎么知道我们在哪里，要去哪里。"

　　贝桑回答自己在沙漠出生长大，心里有一张沙漠地图，比GPS还准，从来不会迷路，还对客人道歉，让他们因沙尘暴而受到惊吓。所有人不断对他说大自然力量无法抗拒，那不是他的错。

　　不知在黑暗、狂风与漫天飞沙中奔驰了多久，终于看到村子的灯光，离饭店不远了，客人们大松一口气，话慢慢多了起来，你一言我一语地说刚刚被困在大沙丘顶时，还好贝桑够英勇，用一条头巾把他们全部救了下来，大赞贝桑是大家的救命恩人，说着说着，全车竟为他鼓起了掌！

　　安全抵达饭店后，客人下了车仍兴奋地围着贝桑猛道谢，贝桑没多说，只是笑得腼腆。

　　工作结束后，贝桑邀请当天所有吉普车司机到我们的民宿喝茶。我赶紧拿出珍藏的台湾饼干,洗葡萄,准备椰枣,让大伙儿配茶吃。突如其来的沙尘暴不只让台湾客人受惊,就连司机也情绪激动,所有人惊魂未定地聊着适才场景。

临睡前贝桑才说,客人攻顶前,他看天际云层变化就觉得发生沙尘暴的概率很高,偏偏S不相信。他也习惯了,都市来的,尤其是外国领队,总觉得自己比较厉害,既不相信游牧民族的判断,也不可能听从当地人的建议。他不好坚持,只能关注天际云层与风的变化,以及每一个客人在沙丘上的一举一动,就像在沙漠深处牧羊时,永远要眼观八方、耳听四方,知道每一头羊正在哪儿吃草。

沙尘暴一来,等贝桑好不容易抵达大沙丘顶峰时,风势早已更强更烈,宛若一场在天与地之间横冲直撞的旋涡,先将细沙往天顶抛去,再朝人们狠狠砸下来。他看到吓坏的客人完全不知下山方向,风也大到让他们举步维艰,马上解下头巾,要他们像抓住绳索般地抓牢头巾,自己在前头一步步将所有人往山下拉。

但风势实在太大了,沙尘不断灌入耳鼻,有些年纪大的客人实在走不动,贝桑灵机一动,请所有人在高处静候,要求一个客人紧抓头巾一端,自己抓着另一端并往沙丘凹处走,那里有他朋友经营的帐篷区。接着,他慢慢将头巾收回来,连带把客人拉向自己,顺利让客人抵达沙丘凹处,可进入帐篷躲避沙尘暴。然后他再次爬向高处,以相同方式一个一个地将客人带下来。

也不知来回多少趟，终于让所有人安全躲在帐篷里，休息好一会后，眼见风势稍歇，夜幕已开始落下，再不走真的来不及，贝桑要其中一个客人拉住头巾，他先行爬回高处将人拉上来，接着再回到凹处，以相同方式将客人一个个带上来，然后再将所有人一起安全带下山。

至于S领队呢，据说人高马大的他几乎吓到腿软，上下沙丘全靠贝桑奋力把他拉上拉下。

听完所有未参与的细节，我瞠目结舌，久久无法言语。

目睹"在地导游"贝桑与"外籍领队"S之间权力关系的不平等，以及外地人（台湾领队与游客）对沙漠的陌生、对潜在危险的轻忽，我不禁感叹，游牧民族生于斯，长于斯，对沙漠的熟悉度，与土地的连接，对天地间的一动一静，与静默中的细微变化，掌握度远远在我们认知之上，在"来自文明世界的旅游消费者"面前，却往往被视为目不识丁的野蛮人。

脚　环

在《永远的宝贝》里，三毛说到自己的珍藏"每一个都拥有它自己的来历，故事的背后，当然是世界上最可贵的人"，夜深人静时，她"凝望着一样又一样放在角落或者架子上的装饰，心中所想的却是每一个与物品接触过的人"。人与故事，让这些物品成为她生命中的印记。

辗转回到台湾的三毛仍保有几件撒哈拉首饰。它们既是她生命中美丽的故事，与撒拉威人的交会，更含藏了属于撒拉威人的悠远传统与文化脉动。

比如那对银制脚环。"戴在双脚踝上，走起路来如果不当心轻轻碰了脚跟，就会有叮一下的声音响出来。当然，光脚戴着它们比较突出，原先也不是给穿鞋子的人用的。最好也不要走在柏油路上，更不把戴着它的脚踝斜放在现代人的沙发或地毯上（波斯地毯就可以）。"（详见《本来是一双的》，收录于《永远的宝贝》）

这对脚环的来源记录在《哭泣的骆驼》里。当时西撒情势愈形危急，摩洛哥大军逼近阿尤恩，西班牙准备撤离，游击队四处活动，争取独立却遥不可及。三毛与荷西受邀到偏远沙漠深处与老人相见，谁都不知这是否将是今生最后一次相聚。

"老人摸摸索索地在衣服口袋里掏了一会儿，拿出了一对重沉沉的银脚镯，向我做了一个手势，我爬过去靠着他坐着。'戴上吧，留着给你的。'我听不懂法语，可是他的眼光我懂，马上双手接了过来，脱下凉鞋，套上镯子，站起来笨拙地走了几步。"老人为每个女儿都备上一副，因女儿们还小，便先给了三毛。

沙漠中人相当喜爱的传统银制脚环，纹路为纯手工雕刻，优雅细致又大方

脚环两端有开口，方便佩戴，且似蛇头，具保护意涵。底部则清晰可见纯手工制的凿痕

从《永远的宝贝》书中照片来看，这对脚环是撒哈拉传统首饰"卡尔卡尔"（khal-khal，又称 khel khal），从阿尔及利亚、摩洛哥直到毛里塔尼亚，深受柏柏尔、撒拉威、摩尔人与图阿雷格等沙漠部族喜爱。

然而，字里行间已能感受到戴着这对脚环不方便行走，为什么来自沙漠的首饰竟会有碍行动呢？

沉重厚实的脚环过去是贵族专属首饰，尔后也出现在富裕人家中，买不起银制品的便以铝制，卡尔卡尔这类传统首饰尤其需要大量的银。

传统社会里的珠宝首饰就像女性的移动银行，游牧时代尤其如此，某些部落的女儿嫁妆里必定有一对沉重厚实的纯银脚环。白银可作为货币储备，若将来生活困顿，便可拿出来交易。

若撒拉威老人送给三毛的脚环为纯银制品，单只至少有四百克以上，算是贵重物品，除了显示赠礼者本身经济状况颇为富裕，也是对三毛的疼爱与珍惜。

装饰图案方面，有些脚环上刻有一个又一个圆圈，象征"邪恶之眼"，可保护脚踝免受荆棘、毒蝎和蛇的伤害，也让女子的脚踝更加美丽性感。

卡尔卡尔脚环有个开口，或者可以调节大小，方便穿戴，两头尾端通常形似蛇头。在北非史前石棚墓挖掘出来的手镯或脚环，两梢末端也时常以蛇头做装饰。

自古至今，蛇向来是让人崇敬且恐惧的动物，象征着邪恶与危险，同时也是一种具有强大力量的保护。蛇形图案从公元前四世纪开始就广泛出现在希腊工匠作品里，许多珠宝首饰采用爬行动物的图案，如手镯或戒指等，象征好运。古罗马银匠也非常爱用，考古团队曾在庞贝古城遗址挖掘出许多精美高贵的蛇形黄金手镯。许多柏柏尔工艺品如地毯，亦可发现蛇形图案，象征富饶繁盛。

在柏柏尔乡村，过往女性时常佩戴成对的脚环，有时颇为厚重粗圆，各地区风格不同，有些地区的较为花俏繁复，饰以珊瑚、青金石或红色绿色琉璃，德拉（Drâa）地区则会使用绿色与黄色珐琅，撒拉威传统风格则偏好纯金属首饰。

古早时代，撒拉威妇女盛装参加婚宴时，双脚以黑那彩绘，再戴上银制脚环。有意思的是，一位撒拉威传统工匠亲口告诉我，早年有些游牧部族的未婚女性虽然可在双手做指甲花彩绘，但只能佩戴单只脚环，已婚女性才可在双手双脚都做指甲花彩绘，两只脚都佩戴脚环。

北非妇女参加婚宴时往往会佩戴大量首饰以显示身份地位，她们会随着鼓声和歌声翩翩起舞。当地特有的舞蹈名为"格德拉"（guedra），女孩们或站或双膝跪地，随着歌声、鼓声与双手拍打出来的节奏而舞，众人将舞中女子围在圆圈中间，歌唱、欢呼、手打节奏，气氛欢乐融洽，同时带有神秘又旺盛的生命力，宛若某种来自古老时代的秘传仪式。

跳舞时，上身穿着黑色布料、下身为白色褶裙的女子会用身上布料遮住脸庞，让人看不清她在舞中迷醉的样貌，平添神秘气息。双手双脚的指甲花彩绘除了有保护意义，同时也强调

传统格德拉舞蹈可见于婚宴等欢乐场合，女孩身着上黑下白传统节庆服饰，跪地翩翩起舞，众人围着她，拍手唱和。上图女孩上半身被黑布遮住是正常跳舞的状态，下图黑布已因舞动而掉落

手脚的舞蹈动作,若双脚佩戴脚环,随着身体律动,绽放忽隐忽现的光芒,更形诱人。

今日,卡尔卡尔脚环已是撒哈拉在地传统文化象征。二〇一九年摩洛哥绿色行军四十四周年的纪念邮票就以一对在沙地上的卡尔卡尔脚环为图案,雕工尤其细致,坊间难寻。

我收藏的纯银卡尔卡尔脚环与三毛的同为撒拉威传统款式,纯手工制,约有五十年历史,上头的装饰线条为手工雕刻,典型撒拉威风格。穿戴起来如三毛所云,颇为沉重,对行走略有阻碍,现代女性已不佩戴,仅出现于婚礼中,当作送给新嫁娘的礼物。

随着消费市场萎缩,工匠已极少制作卡尔卡尔脚环,我走访撒哈拉数座大城的旧城区,终于在一间祖传四代的首饰工匠铺里寻获。年已七十的老师傅说,这只脚环是他父亲的遗作。

手　镯

跟着三毛从撒哈拉去到加那利群岛再回台湾的宝贝还有三只手镯，她说这三只手镯"不是店里的东西，是在撒哈拉沙漠一个又一个帐篷里去问着，有人肯让出来才买下来的"（详见《手上的光环》，收录于《永远的宝贝》）。

从《永远的宝贝》书中照片判断，这是一种在北非相当常见的手镯，有些区域称此风格为"蜜禅"（mizam），通常购买一对，一手戴一只，若参加婚礼或庆典时则会同时佩戴好几对，甚至一直戴到前臂。

虽然三毛说这种手镯"很难买到，因为这些古老的东西已经没有人做了"，但目前仍有撒拉威与柏柏尔专业工匠制造，许多妇女会在女儿即将出嫁前订做成对手镯当嫁妆，其独特雅致的民俗风格也愈来愈受国际市场喜爱。

然而，此类手镯的数量确实较早年少，主因在于消费者品

比对三毛的银镯与我收藏的古董银手镯

位的改变,摩洛哥女性如今更喜爱轻盈且方便佩戴的现代金饰,传统首饰乏人问津,工匠自然不再制作。

照片上的这只银手镯是我的收藏,与三毛手镯同为撒拉威传统款式,购于邻近大西洋的海城伊夫尼(Sidi Ifni)假日市集,纯手工打造;四角锥象征帐篷,圆锥象征月亮,小圆球象征孩童,皆为喜悦富足的象征;上头的装饰性线条为手工刻制,缀以撒拉威人最喜欢的红绿配色,设有开口,方便佩戴,然银针已遗失。这只银手镯推测应有百年历史,相当罕见。

有开口，方便佩戴

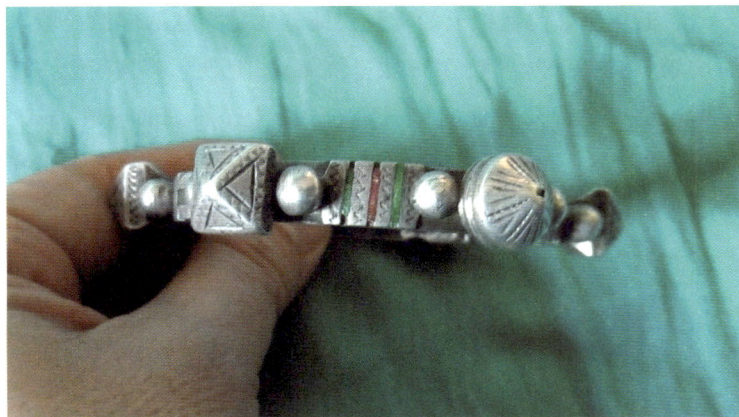

撒拉威人最喜欢的红绿配色。四角锥象征帐篷，圆锥象征月亮，小圆球象征孩童

石　像

　　三毛的收藏里，最让我惊奇的是那三个石像。

　　三个石像有着传奇来源。

　　三毛从住处前往镇上的唯一快捷方式是穿越两座撒拉威人的坟场。有一回她照例在石堆里绕着走，遇见一位年迈老人，正坐在坟边刻石头，"他的脚下堆了快二十个石刻的形象，有立体凸出的人脸，有鸟，有小孩的站姿，有妇女裸体的卧姿正张开着双脚，私处居然连刻着半个在出生婴儿的身形，还刻了许许多多不同的动物，羚羊、骆驼……"这种"粗糙感人而自然的创作"让三毛爱极了，带了五个回来，"我那一日，饭也没有吃，躺在地上把玩赏着这伟大无名氏的艺术品，我内心的感动不能用字迹形容"。然而"沙哈拉威邻居见我买下的东西是花了一千块弄来的，笑得几乎快死去，他们想，我是一个白痴"。三毛想再购买，"烈日照着空旷的坟场，除了黄沙石堆之外，一无人迹。我那五个石像，好似鬼魂送给我的纪念品，我感激得不得了"。

尔后三毛陆续送了两个出去，只留下三个。

这三个石像特别引起我的注意倒不是如鬼魂般神秘来去的疯狂老人，而是这类艺术形式极少出现在北非。伊斯兰教禁止崇拜偶像，艺术形式多以抽象为主，清真寺即是最好的例子，石刻雕像却是具象的艺术品；此外，游牧民族在沙漠迁徙，鲜少携带笨重无用的物品，就连具实用价值者如石制水槽或钵，离去时都是搁置当地，某天再回来即可使用。

我在摩洛哥与撒哈拉多方询问，包括城里的艺术与观光用品店商家、阿特拉斯山区柏柏尔工匠与沙漠游牧民族，得到的回答颇为一致："这东西是非洲来的，不是典型摩洛哥／撒哈拉风格。"

近代观光业兴起后，摩洛哥才逐渐出现具象的观光纪念品，如撒哈拉游牧民族妇女手工制作的布骆驼

雕刻在非洲是常见的艺术表现形式，以木头、象牙、石头、陶与铜等为材质，形塑具象的艺术品，风格古朴简约，稚拙而利落，时而张扬，散发深沉又原始的魅力。最知名的当属面具，造型多变大胆，表现力强大，用于祈雨、婚丧嫁娶、播种、丰收、成年、巫术等仪式。

石像是立体艺术，每块石头都有独特触感与温度，凿痕与打磨将有着天然色彩的原石琢磨出具体形象，凹凸有致，对三毛来说，"这三个石像，不能言传，只有自己用心体会"，甚至"拿在手里，用触觉，用手指，慢慢品味线条优美的起伏，以及只有皮肤才能感觉出来的细微石块凹凸"。（详见《仅存的三个石像》，收录于《永远的宝贝》）

我们虽然摸不着三毛的石像，仍可将其放入非洲文化脉络，解读当中暗藏的故事。

三毛的人形石像由深米色原石雕刻而成，雕工朴实，线条优雅流畅，头型圆润，像半颗立体圆球，鼻梁挺直，双眼深邃，以细腻凿痕刻划出一双灵动圆亮的大眼睛，嘴巴的处理尤其有趣，活似有牙齿似的。这样的造型让人联想起西非加纳阿散蒂人（Ashanti）的求孕木娃娃"阿古瓦巴"（Akua Ba）。

阿散蒂人是阿肯族（Akans）中最大的一支，居住在森林覆盖区，女性拥有最终决策权，生育、繁衍及儿童是最常见的木雕艺术主题。

关于阿古瓦巴木娃娃的起源有一则美丽的传说。

古早时代，苦于无法受孕的年轻女子阿古瓦（Akua）向灵疗者请求协助，灵疗者要她用木头雕一个娃娃，每天抱着，就像亲骨肉一样地喂食照顾。

阿古瓦照做了，村民看到她背着木娃娃，纷纷嘲笑她："赶快来看阿古瓦的小孩(Akua Ba)！"

不久后阿古瓦真的怀孕，顺利诞下一个小女婴。她的成功鼓励了其他不孕妇女，同样雕了木头娃娃，背在身上来求子，并将这样的娃娃命名为阿古瓦巴或"阿古瓦玛"(Akua Mma)，用来纪念阿古瓦。

另个说法则是，阿古瓦巴是孕妇怀孕时戴的木雕娃娃，用缠腰布紧紧绑在腰间，保佑平安顺产。

阿古瓦巴不只是娃娃，更是一套复杂仪式，必须在特定时间背着，有时必须放置家族神坛，求孕女子必须饮用某些药草或用草药沐浴。娃娃必须精心雕刻，愈是漂亮的娃娃，愈能让女子生下漂亮的小孩。

阿古瓦巴木娃娃可以向当地雕刻师购买或自行雕刻。多为女性造型，有些是母与子，可见胸部。

一旦成功受孕，有些妇女会将木娃娃赠送给协助她的灵疗师，灵疗师神坛上的木娃娃愈多，代表灵力愈强。有时还会把木娃娃送给小孩当玩具。若终生无法受孕，有些女子会继续保留木娃娃，死后合葬。

另一方面，三毛收藏的两个鸟形石像嘴喙巨大，立姿，羽翼收起，渐层的美丽深玫瑰色很明显是石头原色，细致简约的刻痕则轻巧带出鸟眼与翅膀形状。

今日摩洛哥境内可购得的手工石雕骆驼

石雕小盒，内可置物

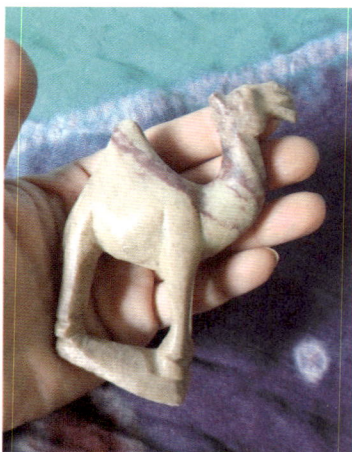

利用石头原色做变化的骆驼石雕仅约巴掌大

鸟形雕塑在非洲同样常见，最知名的当属塞努福人（Senufo）的犀鸟雕像。

犀鸟是一种极为美丽且大型的珍稀鸟类，鸟羽颜色鲜艳强烈，最鲜明的特征是那占了三分之一到一半身长的巨大鸟喙，头顶则有个钢盔状凸起，宛如犀牛角，因而得名。犀鸟科约有五十七种，分布在非洲撒哈拉沙漠以南、南亚及东南亚的热带地区，以树林为栖息地，为杂食性鸟类，以吃树上果实、昆虫和小型脊椎动物为生。

塞努福人分布在西非的布基纳法索、马里及科特迪瓦一带，以农业为生，犀鸟是他们最爱的鸟类，象征有智慧的保护者，甚至被视为水神转世。

塞努福神话中，第一批出现在地球上的动物有五种，分别是变色龙、乌龟、蛇、鳄鱼与犀鸟，人死后，由犀鸟负责将灵魂送到另一个世界。

犀鸟圆圆腹部象征生育繁衍不绝与昌盛兴旺，智慧饱满且不轻易显露；宽广肩膀象征能扛负重任，忍受疾苦并且保护后代；强壮巨大的羽翼象征着保护；长而尖的巨大鸟喙象征沉默寡言，只有在决定投入时才发言，而一旦决定投入，便是抱持着坚定决心。

早期的非洲内陆贸易与部族之间往来频仍，交流活络程度远在我们认知之上。过往的撒哈拉无国界，不仅游牧民族惯于大范围的长途迁徙，跨撒哈拉贸易线更是无比热络而且奴隶贸易盛行。阿尤恩邻近毛里塔尼亚、阿尔及利亚及马里，若真有这样一个在坟场雕刻石像的疯狂老人,不论他来自撒哈拉以南非洲,抑或风格深受非洲艺术影响,与三毛在阿尤恩坟场巧遇,也是合理。

今日,石雕艺术在摩洛哥或撒哈拉依然不普遍,手工小石雕多半在观光纪念品店出售,不足巴掌大,以观光客为主要消费客群。形状除了骆驼,还有鸟与乌龟等动物,或者做成小盒子与塔吉,两件式,盖子掀开里面可放置物品。

这些小石雕多为石头原色。以骆驼石雕来说,经常见到利用米白色石头的自然色调,或玫瑰色,或淡棕色,为石雕像添加细腻变化,不另外上色或雕琢。

另一种石雕则以棕黑色为底色,上以手雕白线为装饰,形状多种,市面常见的有骆驼、鸟类、塔吉锅及小盒子等,近来也出现乌龟形状。

这些雕像表面光滑,多半已非纯手工,应是以机器切割、打磨,再以雕刻刀手工刻出白色线条当装饰。

而与三毛当年收藏的石雕像最为接近的,当属鸟形雕像。无论是底座、形体还是以手刻白色线条为装饰的手法,皆无二致。鸟眼也同样是一个圆圈里有一个白点,并以白色线条描绘出翅膀的形状。

只不过三毛的收藏品上头的纹路较为细致繁复,鸟头与鸟喙较有棱角,鸟喙朝下弯,如今可购得的鸟形石像上的手刻白色线条较为简化,鸟喙朝上微弯,整体形状的流线感更强,手工凿痕感相对较低。

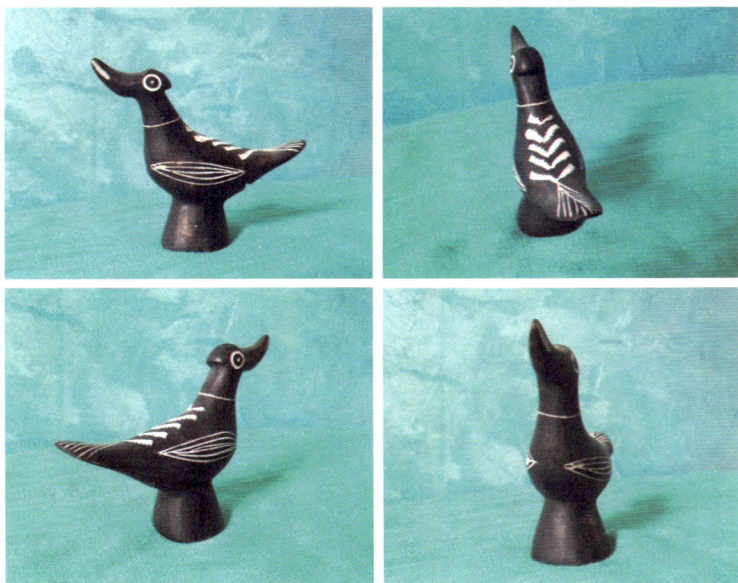

我在摩洛哥寻获的鸟形石像

比对三毛收藏的鸟形石雕像与我寻获的鸟形石雕

燧石与史前撒哈拉

　　三毛在《十三只龙虾和伊地斯》提到一个叫伊地斯的撒拉威人，常来跟荷西借用潜水器材，下海捕捉龙虾。待西撒政情剧烈变化，三毛即将离开，伊地斯要去打游击，行前匆匆拿了"他最珍爱的东西"送给三毛，打开一看："这两块磨光的黑石，是石器时代人类最初制造的工具，当时的人用棍子和藤条夹住这尖硬的石块，就是他们的刀斧或者矛的尖端。"三毛听说沙漠里某些神秘洞穴仍可挖出这类东西，但身边不曾有人找到。

　　这种打磨过的石头，就是史前时代的工具"燧石"。

　　如今的撒哈拉是一片荒漠，数千年前却完全是另一番风景。

　　公元前五千年到公元前两千年，西撒曾是一片水草富足的大草原，有大象，有长颈鹿，有犀牛。史前岩刻画与史前壁画双双显示当时已有人居，古老的巴富尔人（Bafours）以农牧为主要生计，活跃于毛里塔尼亚与西撒。

　　公元前两千年，随着撒哈拉愈形沙漠化，人与动物逐

撒哈拉深处的史前岩刻画描绘了众人合作狩猎的场景

史前岩刻画的线条利落流畅，疑似旧时动物大迁徙场景

摩洛哥撒哈拉深处某个岩洞的史前壁画，大象与长颈鹿

阿尔及利亚撒哈拉沙漠的史前壁画

渐往南部迁徙，到了公元前一千年，游牧的柏柏尔桑海杰人（Sanhadja）逐渐取代了巴富尔人。

事实上，从埃及、利比亚、阿尔及利亚、摩洛哥，延伸至毛里塔尼亚，北非蕴含了丰富的史前文物，撒哈拉深处更不时挖掘到史前艺术遗珍与文物。

最知名的莫过于二十世纪五十年代被法国考古学家所发现、位于阿尔及利亚撒哈拉沙漠深处的塔西利（Tassili）。此地散落的史前岩刻画与史前壁画数量惊人，保存状况之佳、艺术性之高，闻名全世界，被视为珍贵的人类文化遗产。

摩洛哥境内的史前遗址同样相当丰富出色。我与贝桑曾经数度走访撒哈拉荒野多处史前岩刻画与史前壁画，这些史前遗址附近往往有古墓（tumulus）。各处画风略有不同，常见的是羚羊、犀牛、大象、鸵鸟与长颈鹿等动物，甚或出现动物群聚的画作，显示过往的当地生态相当丰富，甚至可能是旧昔动物大迁徙路线。偶尔也会出现人物，或狩猎，或战役。绘有岩刻画的黑色砂岩看得出来先以工具打磨过，表层光滑，上面的岩刻画线条简单流畅，灵动优雅。

史前壁画则出现在山洞里，以赭石为颜料，描绘史前人类的生活轨迹，以狩猎及牧羊等场景居多，亦将野生动物入画。由于年代久远，风吹日晒，颜色已然淡去，保存状况远不如岩刻画。

这类史前艺术往往位于荒野地带，人迹罕至，须以越野吉普车代步且有熟人带领才能一窥究竟。因疏于保护，不时传出岩刻画被破坏甚至遭窃的消息，不少刻有岩刻画的大型岩石甚至被整块运走，非法贩售，沦落至国外收藏家手中且难以追查，至为可惜。

以西撒为例，国际考古团队在邻近司马拉(Smara)的拉吉瓦(Laghchiwat)发掘史前文物，整座考古遗址长达十二公里，除了岩刻画及古墓，亦发现少许燧石、鸵鸟蛋与陶器碎片等石器时代文物。光是已发现的岩刻画便有上千幅，估计应有四千幅，数量丰富。有些岩刻画的线条虽已因风化作用而模糊，仍可见水牛、羚羊、山羊、鸵鸟、犀牛及长颈鹿等野生动物，以及战斗或打猎中的人。这些也都是撒哈拉常见的岩刻画主题。

三毛获赠史前石器时代文物燧石的故事看似不可思议，但撒哈拉确实曾经水草富足、生命昌荣繁盛，史前文物并不罕见。

下页的燧石便是贝桑在荒漠拾获的，仅四厘米长，边缘敲打成较为锋利的薄片，整体质地颇为坚硬，仍可用来切割。沙漠居民虽没有"石器时代"的概念，却知道这样的石头是"古时候的人"用的刀子。至今偶尔都还能在撒哈拉深处遇到拿燧石想卖给观光客的游牧儿童，据说是牧羊时在荒野深处捡到的。

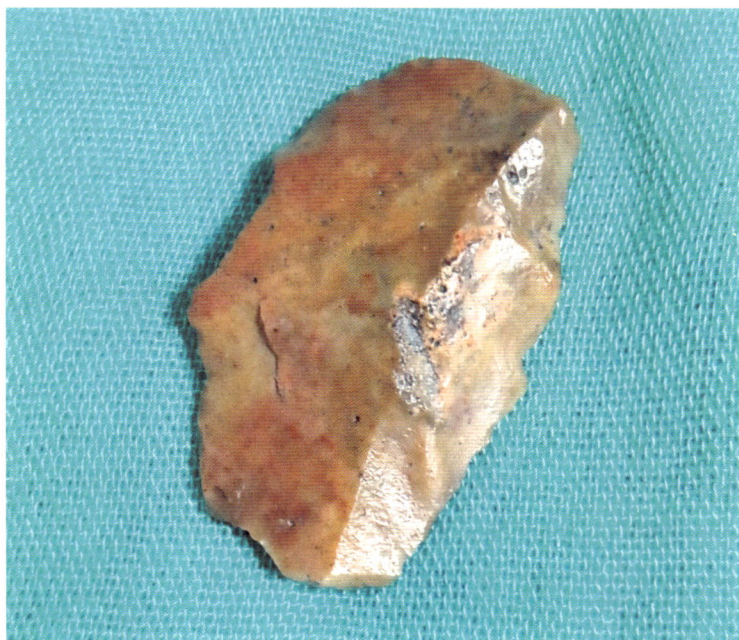

贝桑在荒漠拾获的燧石

与驴相关的那些事

在三毛的文字里，可发现驴子的使用，如"拉驴子送水的"（详见《哭泣的骆驼》）。在《白手成家》里，荷西刚开始薪水不多，家里需要采购布置的物件极多，为了省钱，三毛向镇上一家材料行要了几个空木箱，老板同意后，三毛"马上去沙哈拉威人聚集的广场叫了两辆驴车，将五个空木箱装上车"，接着"一路上跟在驴车的后面，几乎是吹着口哨走的"。

这个细节不经意地呈现出七十年代阿尤恩的生活场景。

驴，动物运输的主力

以动物为运输工具的传统相当古老而普遍，事实上，动物运输今日依旧盛行于摩洛哥，人们仍然仰赖马、驴与骡运送货品或水。

十九世纪末法国画家布歇(Joseph-Felix Bouchor)描绘的

撒哈拉市集一隅等待上工的驴

摩洛哥马拉喀什街景即有居民骑坐驴背,今日摩洛哥农民也依旧以相同的侧坐姿势骑在驴背上。

还记得二〇一〇年底初抵摩洛哥时,在街头工作的驴子引发了我极大好奇,有时不免因驴子劳务沉重而难过,却也往往发现驴主与驴子同样疲惫沧桑,全都是在底层辛苦讨生活的做工的人。

随着对摩洛哥认识愈深,我愈加发现驴子无处不在。只有驴子能载着主人行走布满碎石的阿特拉斯山区小径,帮忙载水、柴薪、农获与人。大漠中,游牧民族更是仰赖驴子帮忙驮载生活饮水。

驴子可深入机械运输难以抵达的高山旷野,饲养成本又比马低,可谓摩洛哥家庭不可或缺的好伙伴。在摩洛哥,从北到南,从城市、山区到沙漠,皆可看到驴子身影,主要品种为加泰罗尼亚种与普瓦特万种(Poitevine)。

驴子不仅在乡村、山里肩负沉重的农务负担,即便在城里都是重要驮兽。非斯古城的旧城区以巷弄狭小闻名于世,车辆完全不可能进入,唯有人力推车与驴子方能通行,直到今日都以驴子载负货物。

摩洛哥山区使用驴子的频次极高,驴子因而有"柏柏尔吉普车"之称,举凡人、水与物品运输,不论是深入基础交通建设尚未抵达的偏远地区、农田劳动,还是运水,莫不仰赖驴子。由于驴子身上往往背着五颜六色各种篮子,某些地方甚至设有"停驴场"。

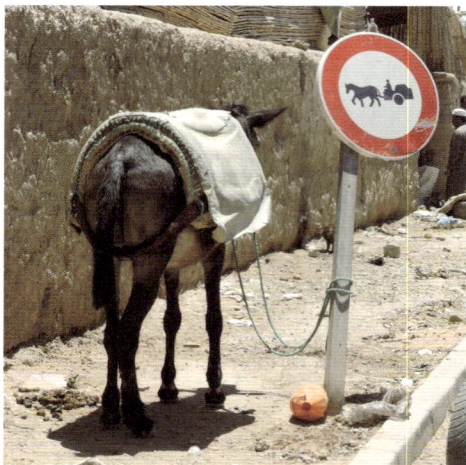

市集旁除了有专供驴、马、骡停靠的空间,也有提醒行人与车注意驮兽的交通告示

驴子偶尔会出现在摩洛哥的观光产业,载客游山或深入沙漠,但一般来说,依然以偏远乡间及山区的农务劳动为主。

二十世纪九十年代,驴子曾大量用于物品走私,尔后因摩洛哥经济与运输形态改变,于二〇〇〇年后数量锐减。二〇〇〇年至二〇〇五年间,摩洛哥境内估计有超过百万头驴子,多数用于农村劳务,由私人农场自行繁殖饲养。二〇一二年约有九十六万头,一头驴子价值约一百三十至三百六十欧元之间(折合新台币约四千三百元到一万两千元)。

时至今日,依然仰赖驴子工作者往往生活贫困。山村农民买不起现代农耕器材、城里送货者买不起摩托车,因此饲养成本较低的驴子。

另一方面,摩洛哥过去曾是世界上最大的驴子出口国,将国内驴只销往西班牙与法国,直到二〇〇五年瘟疫流行才停止。

为非洲野驴汲一口清凉

一如骆驼,驴子同样是沙漠生活的重要驮兽,不仅是迁徙时的重要伙伴,更是游牧民族每日前往井边打水时不可或缺的得力助手。

贝桑爸爸曾有一头驴子,卖掉后仍不时想起,偶尔在野外看到满地野草还会絮絮叨叨地说不该把驴子卖掉,否则现在就可以牵它来大快朵颐一番,足见充满思念之情。

三毛描述的是已经驯化成驮兽的家驴,我和贝桑在撒哈拉带深度导览时，则拥有近身观察非洲野驴，甚至提供一瓢饮的难得经历。

梅如卡大沙丘群后方的沙漠深处散居着被国际自然保护联盟濒危物种红色名录（简称IUCN）列入"极危"名单的非洲野驴（学名 *Equus africanus*）。与阿特拉斯山区已被驯化成驮兽的家驴相比，非洲野驴的皮毛颜色较浅，呈浅棕色，颈背有着一道深色棕毛，呈十字形，脚部往往有深色条纹。

非洲野驴成群散居在碎石砾地带，远离人群，却在饮水上与人类形成微妙的关系。

饮水取得不易的大漠中有人类开凿的几口井，野驴知道这些井的存在，栖息地往往离井不远，有时甚至聚集在井附近，若

在撒哈拉深处生活的非洲野驴家族

有人前来取水，便在不远处等待。游牧民族深知无水之苦，往往会多汲些水让野驴饮用。

带团导览时为野驴汲水，因此成了我们附带的工作意义与乐趣之一。

夏季的沙漠又干又热，行经古井，正午日晒，气温一路朝四十度逼近，风一吹来更是干热，大地荒芜一片，只见野驴一家数口等着人类从井里汲水。此时即便正在带导览，我们都会为野驴停下车。贝桑会轻快地对客人说："驴子渴了，需要喝水。"随即中断导览，下车为驴子汲水。

数不清多少次，贝桑头顶烈日，将清澈的水一桶桶自井底取出，倒入井边的简陋水槽，让野驴解渴。刚开始，野驴保持对人类的警觉，观望着，尔后才会慢慢靠近，围过来喝水。鸟儿闻到水味儿，也来了，渴得顾不及对人类恐惧，在井边蹦跳着。

一点没错，在撒哈拉，人与动物可以共享水资源，人类可以单纯而无偿地为野生动物服务、付出，两者一同在沙漠共存。若能将"照顾生命"与"永续经营"放入导览当中，观光活动未必是对土地的摧残，也可以将来自异地的旅客深深带入撒哈拉之美与生态的丰富当中，把对于撒哈拉的深度了解与爱、对于当地生态与人的关怀，在观光过程中转化为对沙漠生命的小小善待与悄悄守护。

独一无二驴子节

"驴口"众多的摩洛哥,有着世界上独一无二的"驴子节"!

梅克内斯附近的贝尼·玛玛尔(Beni Mammar)于二〇〇四年首创"驴子节"(Festibaz),每年七月固定举办且已成当地传统,目的在向驴子这等刻苦勤奋且不知疲惫的驮兽致敬,同时也展示驴子在人类生活里的重要性。

贝尼·玛玛尔的居民对驴子有极深的情感,认为驴子为人类辛勤工作,担负乡间运输主力,形象却不甚良好,例如形容某人像头驴子就是种辱骂,希望借由举办驴子节向驴子致敬,更希望借此教育大众,为驴子洗刷污名。与此同时,村民也认为驴奶营养价值高,美容功效强,希望借由驴子节打响名声,让自家驴奶卖得好价钱。

碍于财政困难,中断五年后,贝尼·玛玛尔于二〇一九年举办了第十二届驴子节,进而为驴子举办选美大会。当年约有二十头驴子参加选美,评审包含兽医、艺术家与哲学老师在内共九位,举办地点选在村内公用空地,围观的儿童及青少年相当多,审美标准包括相貌美丽与奔跑速度。

该场选美竞争相当激烈,一头与埃及艳后同名的母驴"克利奥帕特拉"打败所有公驴,是史上第一遭由母驴赢得冠军。只见"克利奥帕特拉"从驴头到驴蹄无处不是花,打扮得花枝招展,还戴着太阳眼镜,一举成功登上后座,为主人赢得近两百五十欧元奖金以及一大袋大麦!

驴子医疗中心与收容所

二〇一一年初走访摩洛哥友人乡间老家，因缘际会下，村里孩童热情友善地邀请我骑驴子。盛情难却，只好爬了上去，成了我生平第一次也是唯一一次骑驴。只觉驴子极度强壮、温驯且极度服从，行进速度缓慢又稳定，给人一种难以言喻的安全感，相当奇妙。

将驴子作为谋生工具的多半是贫困的劳动阶级。外国人看着围绕着驴子的苍蝇、粪便甚至是伤口，以及驴子身上驮负的重物、工作时遭受驴主的鞭打等，很容易心生不忍。

不幸的是，这些驴子在长期且繁重的劳动后，一旦生病往往得不到适当治疗，受伤、寄生虫、营养缺乏，都是常见疾病，饲主的贫困再加上对于动物健康概念的缺乏，更让情况雪上加霜。

幸好如今已有外国动物组织在贫困或偏远地区提供免费的动物医疗，进而对饲主择机进行教育，帮助驴主。

设立于古城非斯的"美国客栈"（Le Fondouk Américain）是摩洛哥第一所动物医疗慈善中心，照顾驴子不遗余力且历史最悠久。在阿拉伯语里，fondouk 意指旅馆。

一九二六年，来自美国纽约的贝茜·库珀（Bessie Dean Cooper）前往摩洛哥、阿尔及利亚与突尼斯旅行，对当时人们对待动物的方式深感痛心，返回美国后成功集资，于一九二九年创立了美国客栈，免费提供医疗资源，照顾非斯一带与整个摩洛哥生病或受伤的驴子。创办人过世后，这间机构最终被移交给麻省动物保护协会并营运至今；除了驴子，亦照顾包括犬只在内的各种动物。

目前每天都有数十位饲主带动物前来就医，每天治疗约八十几只动物，每年约完成两万次医疗咨询，院内有两辆救护车，医疗人员也外诊，前往市集、马厩或私人住宅进行动物医疗。

创立之初，尽管非斯极度仰赖驴子为驮兽，当地居民却十分抗拒由一间美国机构照顾他们的驴子，认为动物诊所将威胁自己的生活方式，而且驴子若来治病就不能工作了。尔后，非斯的巴夏与法国殖民政府制定《反残酷法》，由警察强制将生病的驴子送往美国客栈治疗。

在当时，美国客栈不只是动物医疗慈善中心，更是美国与摩洛哥关系友好的表征。五十年代摩洛哥自法国殖民底下独立时，美国大使旋即肯定美国客栈在摩洛哥的努力，促进了美国与摩洛哥之间的友好关系，并让美国国旗在此飘扬。直至今日，美国客栈依然得到美国大使馆的支持，所有营运与支出全数仰赖国外捐款。

无独有偶，英国退休女律师苏·马琴（Sue Machin）也在离马拉喀什约二十五公里的小村温拿斯（Oumnass）建造了一座驴子收容所"贾吉尔骡驴保护区"（Jarjeer Mule and Donkey Refuge）。

故事开始于 Tommy，一头经由剖腹产而生下来的小驴。苏收留了它，但 Tommy 非常难照顾，便在朋友建议下再收养了一头母驴 Jenny 给 Tommy 作伴，几个月后，苏又迎来了母亲在生产中死亡的孤儿小驴 Jerry。尔后，园区收容的驴子逐渐增加，目前共有五十四头驴子，由八位员工照顾。

贾吉尔骡驴保护区就像驴子的孤儿院、养老院与医疗中心，运营经费来源于各界赞助与外国观光客的造访，苏希望借由营区的推广，刺激当地更具公益性的旅游。

平心而论，外人的目光焦点总容易放在"驴子是否被善待"，甚至觉得"驴子好可怜"。被虐待、承受过重劳务的驴子绝对有，但普遍来说，驴主还算照顾驴子，毕竟驴子是自己赖以维生的伙伴，感情总是有的。

况且，穷困国度的穷人并没有相对富裕国度里的人们想象中那样"邪恶"，就只是"穷"而已，驴主若看到驴子生了病同样忧心，美国客栈这类慈善机构提供免费的医疗资源，驴主同样感激涕零。

村里的浪驴

定居梅如卡后，不知打何时起，偶尔会在民宿外围发现驴大便，我以为是附近邻居牵驴子经过，听到驴叫声也不以为意。

有一天，我听到民宿围墙外烧热水的炉子旁似乎传来声响，还伴随了几声驴叫，迅速跑出去看，天哪，竟然是一头驴子在吃民宿淋浴水灌溉出来的杂草！瞧那毛色就和大沙丘群后方的非洲野驴一样，是濒临绝种的保育动物！再仔细一看，野驴跛了脚，而且整个右肩下落，看得人心疼。

我不敢打扰它，想让它安静吃饭。不一会儿，家族孩子们全围了过来，抢着看驴子，我严肃又不失和蔼地要他们少安毋躁，不要惊扰驴子。这头驴子相当温驯，我和孩子们甚至可以摸摸它。

就在这时，贝桑妈妈拿了棍子要把驴子赶走，被我们联手挡了下来。我说让驴子吃这些草没关系，贝桑妈妈却说驴子会偷吃她要给羊群的草料，非赶走不可。犯了贝都因传统大忌忤逆婆婆的我让她老人家很生气，直说等贝桑回来，非叫他把驴子赶走不可，还要我们把驴子牵得离她的羊群远一点。

我和孩子们这才去找绳子，套在驴子脖子上，半推半拉，把它拉离了羊棚稍远，这也才发现驴子好聪明，愿意让我亲近、拥抱，孩子们挤在一旁它也完全不反抗，是一头安静沉稳的好驴子。而且它好干净，身上完全没有动物的味道。

相反地，一听到贝桑妈妈的声音它就想逃。

据推测，这头驴子有可能是被驯化的野驴，曾被当家驴使用，因为受了伤，无法帮主人驮重物，就被"放生"，成了一头流浪驴，既无法回沙漠深处，也不可能再被驴群接纳，而且以它的伤势恐怕也无法在沙漠存活，只好在村子附近流浪，寻找食物。我相信它一定不只"偷吃"了贝桑妈妈要给羊群的草料，不只被她用棍子驱离过，这甚至是它的日常。

我想留下驴子，保护它不受人类伤害，贝桑妈妈不肯，之于她，一头无法工作的驴子只是浪费草料而已，说"非洲野驴是濒临绝种的保育动物，很珍贵"也只是白费唇舌。

当天晚上，我和贝桑为此事激烈争吵。

贝桑不想留下驴子，他说野驴需要自由广阔的空间，圈着，驴子不开心，而且驴子需要大量各种草类，我们养不起，不如让驴子自由觅食。但他同样对驴子有很深的情感，拥抱它，直说它好漂亮后，才拍拍驴背，要它离开。

半夜，我情绪激动得无法入眠，寻找月夜里的驴，只见它静静趴在贝桑妈妈羊棚旁的空地上休息。我在它身边坐下来，它任我拥抱，我把绳子套上它的脖子，对它说："你睡这里，明天早上被贝桑妈妈看到，又会一阵好打，还是跟我走吧，我想办法保护你。"驴子温柔地看着我，不动。

我懂它的意思，懂得它知道要自行避开对它有敌意的人类，就像一听到贝桑妈妈的声音就会机警跑掉一样。

我在驴子身边带着温柔的悲伤，静静地掉了很多眼泪。

我谢谢它的出现，给我很大的礼物，让我再度看见相同的难题——与当地人的文化差异及因之而来的冲突，之前照顾野生耳廓狐麦麦时，不也是如此？

对我来说，用棍子驱赶来觅食的受伤野驴，那和用棍子赶走来乞讨的乞丐一样，非常残忍，更何况驴子吃的是民宿淋浴水灌溉出来的野草，那是神给的，不是人种的，驴子当然有权利吃。

但能怪贝桑妈妈吗？她终其一生都是游牧脑袋，承平时期，

一只原本自由活在沙丘群里的野生耳廓狐，因误入
男孩陷阱而被截肢，我带它去首都动物医院就医后
收养在民宿里，取名为麦麦

游牧民族或许可以和野驴家族和平共处，一遇干旱，水草不足，
吃草的野驴或许就是羊群在沙漠的生存竞争者了。

　　我想照顾这头野驴，主要是因为它受了伤，我不忍心，而且
孩子们说有时候村里会有小孩想骑到驴子身上，欺负它。

　　但贝桑说得对，野驴生性需要辽阔空间，被圈养在民宿，不
会开心的。

　　能怎么办呢？沸沸扬扬号召众人在沙漠成立"受伤野生动
物疗养区"？先不论资金来源与可执行度，即便设立了又如何？
对当地能有何影响？恐怕也只是和麦麦一样，"与世隔绝"地存
在，与当地传统宛若平行世界。

到底什么才是我心目中的理想剧本？

我想是让受伤野驴可以自由觅食，不受人类侵扰，直到生命的尽头。

我不知驴儿去了哪里，而我可以为它做的是带着爱祝福它，在民宿外围多浇些水，好多长些野草，若哪天驴儿再度路过，随时欢迎它来用餐。

更真实的是，这世间没有谁需要被拯救，也没有谁真的"救"得了谁，所有生灵皆活在一张巨大无形的生命网络之中，彼此牵动。如我，只是单纯不愿浪费珍贵水资源，用淋浴水来粗浅灌溉，并不管会长出什么，但那草便不在预期中成了驴儿的食物，意外带来这场美丽相遇与珍贵启示。

撒哈拉的一切不时让我学着放下掌控，让生命自然显现，自由流动，上天的安排比我所能想象的更加丰盛洁美，当我能够放下自我偏执，才能"看见"那无处不在的恩典。

沙漠里的金合欢树与野驴母子

二

撒哈拉
民俗风情

聘　礼

《娃娃新娘》描述三毛房东女儿姑卡九岁便出嫁的故事，许多读者相当好奇，她笔下的撒拉威婚礼活似野蛮原始的奇风异俗，究竟是否为真？

首先是结婚年龄。

游牧女子确实相对早婚，今日二十出头便走入婚姻，传统约十七岁。据我在西撒多次访谈耆老，撒拉威人即使早婚，都不至于把女儿在九岁时就嫁出去，原因很简单，九岁只是个孩子，什么都不懂，可以等到女孩儿十六岁之后再论及婚嫁。

再者是聘礼。

三毛写道："聘礼是父母嫁女儿时很大的一笔收入。过去在沙漠中没有钱币，女方所索取的聘礼是用羊群、骆驼、布匹、奴隶、面粉、糖、茶叶等来算的。现在文明些了，他们开出来的单子仍是这些东西，不过是用钞票来代替了。"阿布弟送来二十万西币作为迎娶姑卡的聘礼,让三毛不以为然地说:"这简直就是贩卖人口嘛!"

婚丧喜庆等生命礼俗各地传统不同,就我在撒哈拉的田野调查,绝大多数情况下,提亲时,夫家会赠送礼物给新娘的家人;结婚时,夫家会带着大批礼物去迎亲,额度则依据夫家财富而定;前来参加婚宴的宾客则会带各式礼物送给新人,如布料、茶叶、糖与毯子等日常用品,富裕家族的亲属甚至会赠送骆驼当作新婚贺礼。夫家会给新娘些许金钱,却远非我们认知的聘礼,女方家庭并不会因此获得任何形式的"收入",尤其夫家赠予新娘的所有财物与金钱归属于新娘一人,而非新娘的原生家庭,以后即便离婚,夫家都不能将已经赠送给新娘的金钱或任何物资拿回去,这是伊斯兰保护女性的传统做法。

另一个重要考量是姑卡父亲,也就是三毛房东罕地本身的经济状况。

据三毛描述,罕地的工作是警察,将女儿姑卡嫁给属下、同样是警察的阿布弟。

西班牙殖民时期在西撒设有撒哈拉领土警察(Policía Territorial del Sahara),其前身是一九二六年在朱比角(Cabo Juby)的原住民警察(Policía Indígena),三十年代转为游牧部队团(La Agrupación de Tropas Nómadas,简称ATN),既执行战斗、掩护与侦查等军事任务,也负责资源与人口监管、部落冲突的仲裁、边界管控、查缉走私与执行法律等,直到一九五九年十月由领土警察取而代之。

撒哈拉领土警察成立于一九六〇年，由总督管辖，执行如维护公共秩序、边境监视、调查和情报、起诉犯罪、保护人民与财产等任务，确保民众遵守法律。当时约有一千两百名撒拉威领土警察散居各地，直到一九七六年才解散。

　　撒拉威领土警察领有西班牙政府薪水，罕地为西班牙政府工作了二十几年，极可能早期是军人，在撒拉威人中的经济状况应该颇为富裕，并在当地拥有一定声望与权力。三毛也说，附近每户人家，"不但有西国政府的补助金，更有正当的职业，加上他们将屋子租给欧洲人住，再养大批羊群，有些再去镇上开店，收入是十分安稳而可观的。所以本地人常说，没有经济基础的沙哈拉威是不可能住到小镇阿雍来的"。

　　罕地有固定薪资、拥有屋舍且以高昂租金出租给欧洲人，甚至享有为西班牙官方工作的警察威望与权势，应该更不至于需要"卖女儿"才对。

婚　宴

　　姑卡哥哥向祖母借了一个女黑奴来婚宴里打鼓、高歌，"这时房内又坐进来三个老年女人，她们随着鼓声开始唱起没有起伏的歌，调子如哭泣一般，同时男人全部随着歌调拍起手来"，屋里只有男人，年轻女人全挤在窗外聆听，彻夜庆祝。

　　我参加的几场撒哈拉婚礼整体流程与三毛的文字相当吻合。

　　在传统中，游牧社会的性别区隔相当严明，时至今日，偏远乡间若人数众多，用餐时男女分桌，婚宴尤其明显。若宴会主人拥有两间以上的空房，男宾使用舒适的大空间，女宾与孩子们使用另一间，若只有一间房，女宾与孩子们往往待在院子里，或是另行搭建帐篷。

　　鼓与歌声是撒拉威婚礼仅有的音乐元素，所有婚宴参与者双手拍着节奏，引吭高歌，由于旋律变化少，所以听在三毛耳里，"鼓声仍然不变，拍手唱歌的人也是一个调子"。

事实上，撒拉威传统曲调的变化在歌词里，由男方一人引领众人吟唱，时而男女对唱，不时有即兴创作，吟唱对新人的祝福、爱情的甜美、沙漠生活的欢喜忧伤以及对未来的想望等，可说是集体即兴诗歌创作。众人往往从夜晚吟唱至天亮，歌声袅袅，随伴鼓声，在荒漠中回荡不已，很是动人。

婚宴也是撒拉威传统歌舞展演的场合。在众人拍手唱和的氛围中，十岁到二十五岁之间的女孩子偶尔会即兴起舞，只见她们忽地跪地以布巾遮住脸庞，双手、肩膀、身躯与头部随即跟着众人的歌声和节奏摆动，这时大家会将她们团团围住，继续拍手唱和，直到舞罢换人。（参考111页图片）

澡堂体验

《沙漠观浴记》一文描述了三毛的澡堂体验。

三毛说她一进门，第一个小房间有几条铁丝横拉着，撒拉威女人的衣服就挂在上面，进去后必须脱衣服、拿水桶，再进去第二个空间，那里有一口深水井，女人们汲水、洗澡，再进去第三个空间："一阵热浪迎面扑来，四周雾气茫茫，看不见任何东西，等了几秒钟，勉强看见四周的墙，我伸直手臂摸索着，走了两步，好似踏着人的腿，我弯下身去看，才发觉这极小的房间里的地上都坐了成排的女人，在对面墙的那边，一个大水槽内正滚着冒泡泡的热水，雾气也是那里来的，很像土耳其浴的模样。"

这其实就是 hammam，北非普遍可见的公共浴池，俗称"土耳其浴"，最早源于古罗马浴场，是包含了冷水、热水与蒸气浴的庞大公共浴池。今日土耳其浴的形式来自奥斯曼帝国。

土耳其浴的澡堂通常有四个空间，每间温度不同，从室温、微热到高温。第一间是入口与衣帽室,第二间是没有暖气加热的洗澡间,第三间会适度加热,最后一间是热气蒸腾的高温室。四个空间由一条走道接连,而此一特色在三毛诙谐的笔下,成了"这个面包房子不知一共有几节"。

在北非,土耳其浴已是一种仪式,无论身份地位为何都会来此净身沐浴。穆斯林认为土耳其浴是一种非常彻底的清洁方式,让他们可以在祈祷前净身得更完整。古早年代水取得不易,平日仅简单洗净手脚,一周上一次澡堂才彻底清洁全身。若是荒野里住帐篷的游牧民族,则会搭建临时的洗浴小棚子擦洗全身。

另一方面,三毛看见澡堂里每个女人洗澡"都用一片小石头沾着水,在刮自己身体,每刮一下,身上就出现一条黑黑的浆汁似的污垢,她们不用肥皂,也不太用水,要刮得全身的脏都松了,才用水冲"。

这段描写有些夸大且违背常理,撒拉威耆老亦不曾听闻用小石头刮澡的习惯,反而让我想起摩洛哥特殊的传统洁身产品,被称为土耳其浴三宝之一的"黑肥皂"(le savon noir,又称 le savon beldi)。

黑肥皂是一种纯天然植物性的软性皂,主要成分是橄榄油、黑橄榄萃取物,外表为黏稠糊状物,不透明,颜色从棕色到褐黑色都有,有时偏绿。黑肥皂在摩洛哥相当普遍,售价低廉,至今仍是女性日常洁身用品,市面可见罐装贩售,旧市区亦买得到散装。

摩洛哥女性进入澡堂后会先简单洗净，让热气打开毛孔。接着取适量黑肥皂与水混合，使其在手上变成泡沫非常少的乳脂状，然后将黑肥皂涂抹全身。停留十分钟左右后，再用表面粗糙的擦澡手套用力搓洗身体，直到搓下皮肤角质层，身上出现灰色甚至黑色细屑，最后才以清水净身。她们也会用浮石刮除脚踝硬皮。

如果将三毛的描述放入北非澡堂文化脉络当中，不难想象其情景。我推测三毛看到的很可能是撒拉威女人在澡堂使用黑肥皂以及浮石之类的产品，由于黑肥皂几乎不起泡，让三毛误以为她们不用肥皂，也因为黑肥皂涂抹后需在身上停留几分钟，再用表面粗糙的物品刮除死皮与污垢，以至于三毛以为她们是用石头刮澡。

摩洛哥澡堂普遍用黑肥皂与浮石来洗净全身污垢。黑肥皂售价低廉，市集售有散装，可称重购买，另有小包装，够单次使用

勃哈多海湾与洗肠

　　三毛在《沙漠观浴记》提到大西洋海滩上有相当独特的洗肠风俗，文中"从小镇阿雍到大西洋海岸并不太远，来回只有不到四百里路"的"勃哈多海湾"，应指现今的博哈多尔（Boujdour），距离阿尤恩约一百八十八公里，来回的确不到四百公里。

　　博哈多尔地名来自葡萄牙语 Cabo Bojador，此地长久以来都被欧洲人视为世界的最南端，是不可跨越的边界。沿岸海象诡谲，变幻莫测，来自沙漠的热风可让天候瞬间转换，高大巨浪与锋利岩石不时造成沉船，无数水手在此海域丧生，甚有海怪传说，葡萄牙水手视为畏途，称之为"恐惧之角"（Cabo do Medo）。

　　一四〇五年十月，风暴横扫迦纳利王（Jean de Béthencourt）乘坐的三帆船，却也使其越过博哈多尔海湾，成为第一个在非洲海岸着陆的人。尔后，葡萄牙人不断寻找前往印度群岛的航线，一四三四年，埃阿尼什(Gil Eanes)成功越过海湾，为葡萄牙的非洲探索打开新道路。

博哈多尔最初是位于灯塔周围的一个渔村，西班牙人约于一八八五年在邻近一带建立殖民据点，直到一九七五年离开。

一九七六年开始，在摩洛哥政府大笔投资下，博哈多尔进入新成长周期。现今的博哈多尔宛若沙漠里的清新岛屿，生态丰富，野生动物活络，可见狐狸、鬣狗、野猫、狼、瞪羚、山羊和骆驼，偶尔举办赛骆驼，本地骆驼也会到其他地方参赛。博哈多尔生产各式手工艺品，如皮革、金属(主要是银)和木工，以及黑色羊毛制成的撒哈拉帐篷，并设有海水淡化厂。

三毛形容："我们的车停在一个断岩边，几十公尺的下面，蓝色的海水平静地流进一个半圆的海湾里，湾内沙滩上搭了无

白色海湾里的白色帐篷是西撒独特的自然与人文风情

数白色的帐篷,有男人、女人、小孩在走来走去,看上去十分自在安详。"看在三毛眼里,宛若桃花源。

今日的博哈多尔附近海滩已成知名观光胜地,不时有摩洛哥与欧洲游客前来戏水,海滩一带做了许多规划及建设,相当适合戏水、散步、游玩。但我们在博哈多尔与阿尤恩四处询问,不曾有人听闻三毛文中以海水灌肠来洗涤身体的风俗,甚至觉得这种方式相当不可思议。

在博哈多尔数公里外,我们找到一处"搭了无数白色的帐篷"的隐秘海岸,住着好几个前来海滩避暑与度假的撒拉威家庭,同样也没有任何洗肠风俗的迹象。

另一方面,"白色的帐篷"倒是特别值得一提。在撒哈拉活动的游牧民族多半用深棕色骆驼毛或羊毛织成的黑帐篷,唯有西撒一带的撒拉威人使用白帐篷,可见三毛观察入微,记录翔实。

撒哈拉游牧民族常见的黑帐篷，以深棕色骆驼毛与羊毛织成

西撒特有、撒拉威人使用的白帐篷

蓄　奴

　　三毛数度提到黑人奴隶的存在。《娃娃新娘》中新娘姑卡的哥哥从祖母那里借来一位女黑奴，在婚礼和婚宴中打鼓助兴；《第一个奴隶》说的是在沙漠深处偶遇奴隶，获赠羊皮鼓的故事。最详细的一篇则是《哑奴》，描述一个受到奴役与压迫，人身不自由，工作勤快细腻，心性远比撒哈威人宽广温柔的黑人奴隶。故事里，哑奴的最终命运是被迫离开心爱的家人，被卖到了毛里塔尼亚。

　　如此动人的故事或许让人难以置信，但奴隶贸易在非洲事实上存在已久，奴隶甚至是早年跨撒哈拉贸易线最贵重的"货物"之一。可供贩售且身份为世袭的奴隶有个专有名称叫"哈拉廷人"（Haratin），现今集中在毛里塔尼亚，占毛国总人口的百分之四十。毛里塔尼亚直到一九八一年才正式废奴，是世界上最后一个正式废除奴隶制度的国家。

　　早在古罗马时期北非就已存在蓄奴现象，奴隶被视为会说话的工具。中世纪时，阿拉伯伊斯兰国家加强了奴隶贸易，使其扩大并成为长达十三个世纪的国际黑奴贸易。奴隶来自撒哈拉以南，原本是自由人，被绑架或在战争中被俘虏后，强行带到北非成为贸易商品，与黄金、象牙及盐巴一起成为跨撒哈拉贸易线最值钱的商品。十七世纪的苏丹穆莱·伊斯梅尔(Moulay Ismaïl)甚至用黑奴建立了一支黑色禁卫队来拓展疆土、巩固权力。马拉喀什一度拥有全摩洛哥最大的奴隶市场。

非洲的古董木雕，年代不详，人像的五官与发型明显有非裔色彩，身体姿态呈现被捆绑状态，脖子与身上绑着麻绳，呈现黑奴的痛苦、悲伤与不自由

当年限制黑奴行动的手铐脚镣，约有百年以上历史的古董

进入现代,废奴呼声愈来愈高。在法国政府执法下,摩洛哥的蓄奴于一九二〇年代正式被视为非法行为。

一般来说,黑奴在摩洛哥受到的待遇不全然如三毛文中那样悲惨,获得自由甚至财富地位者,依然有之,尤其这些黑奴往往会皈依伊斯兰教,而穆斯林禁止将同为穆斯林的人当成奴隶。

另一个关键则在加那利群岛,这个直线距离阿尤恩约一百公里,同时也是三毛与荷西最后安居之处的所在,早年在大西洋黑奴贸易史上曾经扮演非常重要且特殊的角色。

若不论跨撒哈拉贸易线里的黑奴贸易,最早展开西非沿岸奴隶贸易的其实是葡萄牙人。十五世纪下半叶,葡萄牙人从西非沿海贩运黑奴到国内充当家务和农业劳动力,或将之带到马德拉群岛、加那利群岛和佛得角群岛等大西洋岛屿的甘蔗园里工作,每年人数高达五百到一千名。直到十六世纪初,黑奴贸易的价值尚且远远不如黄金、象牙、胡椒等非洲商品。

加那利群岛约在十五世纪落入葡萄牙之手,移居前来的葡萄牙人不时与岛上原住民产生冲突,当地的土地虽不富饶,却因为在十五世纪下半叶成为奴隶贸易中转站,以及商船往返欧洲与美洲之间的补给站,创造了相当可观的利润。

今日的阿尤恩耆老依然对蓄奴有印象,说早年西撒一带曾有黑奴,后来才慢慢消失不见。在耆老口中,蓄奴成了一件稀松平常的事。

摩洛哥在一九二〇年废除奴隶制度之后,漫长的蓄奴史早已云淡风轻,唯有生锈的手铐脚镣诉说着当年被奴役的悲痛与沉重，来自撒哈拉沙漠以南非洲的古董木雕呈现着奴隶失去自由的凄凉无奈。

如今在各个行业皆可见到黑奴后裔的踪影，深色的肌肤透露着他们身上流有当年受奴役祖先的血液，但早已是自由人的他们，认同的是自己的摩洛哥／穆斯林身份，而非被掳来的非洲远祖。

三毛笔下的黑奴没有声音，但北非奴隶贸易史却在摩洛哥传统音乐格纳瓦里吟唱着。这种特殊曲风来自早先的黑奴，尤以黑色金属乐器"嘎盖叭"（双头铙片，qraqeb）为标志，以嘎盖叭敲打节奏，模仿当年手铐脚镣的声音，吟唱对自由与爱的渴望。

如今，格纳瓦音乐已经成为摩洛哥特有文化之一，知名景点皆可见格纳瓦乐师的身影。格纳瓦音乐早已远非由黑奴后裔独享，二〇一九年十二月更被列入了联合国教科文组织非物质文化遗产名录。

格纳瓦乐团

参与演出的小孩手上
拿的乐器即嘎盖叭

格纳瓦是摩洛哥现
代绘画热爱的主题
之一, 有着深色皮肤
的格纳瓦乐师手持
嘎盖叭, 唱着舞着

审美观

　　姑卡在婚礼中被打扮成胖胖的新娘："在沙漠里的审美观念，胖的女人才是美，所以一般女人想尽方法让自己发胖。平日女人出门，除了长裙之外，还用大块的布将自己的身体、头脸缠得个密不透风。有时髦些的，再给自己加上一副太阳眼镜，那就完全看不清她们的真面目了。"

　　看到这段文字，我忍不住笑了起来。

　　今日的沙漠女子依然日日身披展开来即成一大块布料的媚荷法，传统上多为毛里塔尼亚手染布，质地较佳且细致美丽，不过如今也有中国进口的，价格低廉且清洗方便。由于撒哈拉阳光炽盛，城里女性尽管全身包裹着长布，确实还是会佩戴时髦的太阳眼镜。

　　撒拉威人向来喜欢大眼睛、白皮肤且身形圆润的女子，今日的审美标准也依然以胖女人为美。

　　二十一世纪的今天，贝桑那位阿尤恩出生、长大的侄女，在二十岁时由父母帮忙谈定了婚事——婚前只看过未来丈夫的照片。一待确定了婚期，她每天努力吃胖自己，想当个皮肤白皙、身躯圆润肥软的美丽新娘，而我送她的台湾美白面膜便成了最佳新婚祝福。

曾有位撒拉威药草师抓了一把撒哈拉某种野生植物的种子送我，开心地跟我说，这种野生种子非常好，可以增肥，要我每天舀一汤匙种子，磨碎，与橄榄油及蜂蜜混合，日日服用，很快就会白白胖胖，圆润丰美。现今摩洛哥沙漠地带的草药铺里也会贩售现代的按摩霜，使用后可让臀部变得更大、更美。

由于崇尚胖女人，摩洛哥因肥胖而引起的糖尿病等发生率一直居高不下。

身形丰满圆润，大眼，皮肤白皙的撒拉威美女们，她们穿着上黑下淡蓝的撒拉威女性传统节庆盛装，并以缀满假珠宝的发片装饰额头

能让臀部或胸部更加丰满的按摩霜

近乎需索无度的习性

许多人对《芳邻》里那些借了不还、不问自取且什么都借的撒哈拉风俗印象深刻。

一个"在医院做男助手的沙哈拉威人，因为受到了文明的洗礼，他拒绝跟家人一同用手吃饭"，每天差遣小孩来借刀叉，三毛不胜其扰，干脆买一套送他，小孩依然每天来借，因为"我妈妈说那套刀叉是新的，要收起来"。又如姑卡，偷偷拿走三毛的高跟鞋，留下"黑黑脏脏的尖头沙漠鞋"，让三毛临要出门却找不到适合参加酒会的鞋，她却一副理直气壮的样子。

三毛说，如果拒绝出借，便是伤害了对方的骄傲，偏偏当她自己需要借用东西时，这些人却未必愿意出借。这等近乎需索无度的习性，同样是我在沙漠的生活日常。

沙漠女人和小孩来找我，一进房间，只差没马上翻箱倒柜，看到喜欢的东西就会直接开口要。我若拒绝，他们就开始装可怜地索讨，有些小孩甚至直接翻我的行李箱，熟练的姿态常让人误以为他是在百货公司周年庆的花车挑货！放在民宿冰箱的食物更是时常不翼而飞。除了诸如此类不等情事，在沙漠定居不稍多时，附近邻居小孩身体稍有不适，第一件事情就是来找我拿药顺便讨糖果吃。

看似需索无度的背后，主要是沙漠传统里个人色彩较淡，较无私人领域与私人财产的观念，一切资源共享，水源、土地、牧草，全是安拉赐予，而在移动迁徙的经济形态里，也只有共享，才能让整个家族甚至整个部族都可以在艰困的生存条件中活下去。

曾有一位游牧老人对我说，即使他只剩一壶水，眼前还有漫长的路要走，如果遇到有人饿了、渴了，即便是陌生人，他都愿意分他一口水喝。一来分享与帮助他人是伊斯兰传统，二来谁都不知道在沙漠哪时会需要他人的帮助。

游牧民族的脑袋与内心世界一如沙漠地貌，无边无际，且与天地融合，既无明确的你我，也不存在界线，遑论个人界线，哪儿有水草，就一块儿赶羊往那儿生活去。直到干旱结束了游牧时代，他们走入定居、农耕、商业贸易与观光业，"围墙"甚至是土地诉讼才慢慢出现。

另一方面，这当然也是人的劣根性。外国人的生活再怎么简朴，在物资不丰的撒拉威人眼里都是富豪，对某些人来说，往往是能拿就拿，而且拿得心安理得。

传说中的"三杯茶"习俗

三毛在《第一张床罩》中描述自己到朋友家做客、喝茶,"那顿茶,得喝三道,第三道喝完,就是客人告辞的时候了"。

撒拉威人真的只招待客人喝三杯茶,一旦客人喝完第三杯茶就得告辞吗?

首先讲茶。

味道极甜的摩洛哥甜茶让许多外来游客印象深刻,称之为"阿拉伯薄荷茶"或"阿拉伯茶"。

摩洛哥市面贩售的茶叶是来自中国的绿茶,家家户户都有一套惯用的饮茶用具,除了茶叶、糖砖、茶壶、玻璃杯等,较讲究的还备有煮茶用的小茶几与敲糖砖专用的金属锤等。

摩洛哥茶得用小火煮开,而非我们惯于的热水泡开,煮茶时也有一套既定程序。

煮茶时,首先将茶叶放入茶壶,加入清水,轻轻摇晃茶壶,稍微清洗茶叶后,把水倒掉。接着再放入一杯清水,并把茶壶置于小瓦斯炉上煮。待壶里的水沸腾，将茶汤倒入玻璃杯，再将清水倒入茶壶，置于炉子上；待水滚沸，把水倒掉，将搁置在旁的那杯茶汤倒入茶壶，添加清水，再将茶壶放回炉子上；待水再度沸腾，便以玻璃杯或糖砖锤利落敲下一小块糖砖，放入茶壶，接着将淡褐色茶汤一一倒入玻璃杯，再将茶汤倒回茶壶。反复数次，直到茶汤与糖均匀混合，温度因在茶壶及玻璃杯之间反复倾倒而降到可以入口的程度，将茶汤倒入玻璃杯，即可饮用。

摩洛哥有些地方会在茶煮好之后，将洗净的新鲜薄荷叶放入茶壶里，增添风味。南部沙漠地区常见的喝法则是在煮茶时将阿拉伯胶或干燥后的野生植物放入壶里，与茶叶一起烹煮，

撒拉威精致茶壶、糖砖与糖砖锤

撒哈拉混合干燥野生植物

加糖。当地人认为野生植物茶具有疗效，有益健康，各家配方不同，可依个人喜好自由调配。

刚到摩洛哥，我喝不惯煮出来的又甜又腻的茶，还是习惯用热水泡茶而且不加糖，喝了一阵子却胃痛，因为绿茶寒，伤胃。

有回在游牧民族帐篷里，第一次喝到用炭火煮开的甜茶，一股炭火与焦糖香让茶格外好喝！尤其身体在北非干燥酷热的环境里极度疲惫，适时饮下甜茶，同时补充糖分与水分，极为舒服。

城里人以瓦斯炉小火煮茶，游牧民族即使已经定居，往往仍然保有以炉炭煮茶的习惯。家族亲友聚会时，用传统的小型皮制鼓风器（皮风箱）让火苗升起，炭火缓缓烧成红色，煮着茶，大家悠闲地闻着茶香与糖香，舒适地闲聊、喝茶。

茶具方面，游牧民族专用的茶壶较圆较小，外壳会涂上一层珐琅，易于随身携带。撒拉威富豪人家的茶壶则往往以精致手工雕刻，风格独具。

然而，我不曾在摩洛哥任何一地听闻客人喝完三杯茶就得告辞的习俗。

游牧民族特别好客，再怎么穷都会从帐篷里挖出最美味的食物，只怕怠慢了客人、生怕客人饿着肚子回去，客人告辞时往往一再挽留。问及老一辈是否有三杯茶的习俗，只见老人家面面相觑，挥挥手说："客人想喝多少就多少，没有赶客人离开的道理。"

直到二〇一九年前往阿尔及利亚的撒哈拉沙漠，我才首次从当地图阿雷格导游口中听到"三杯茶"的故事。

导游说，传统图阿雷格族煮茶时，会将茶壶里装满茶叶，反复煮过三回后，才会将茶叶倒掉。每煮好一回，在座每人一杯，喝完之后，茶壶里加水与糖，再煮一次，一共煮过三回，亦即现场的每一个人都会喝到三杯茶。

导游说，图阿雷格茶道(attaï)有句俗谚："第一杯茶就像生命一样苦涩，第二杯就像爱情一样浓烈，第三杯则像死亡一样甜美。"

我惊讶地问，图阿雷格谚语真的这样说？

他拍拍胸脯说是真的，还要我尽管上网查，类似说法还有很多呢！

许多撒拉威人即使已定居城市或绿洲,依然保有传统煮茶方式,使用三毛曾提及的皮风箱和铁皮炭炉子

游牧民族煮茶的方式与城市不同,野地捡柴,就地生火,以炭火余烬慢慢煮出来的茶往往带有焦糖香

指甲花彩绘：黑那

相比于当时阿尤恩的其他欧洲人，三毛算是非常融入撒拉威文化。

《死果》一文中，斋戒月即将结束，穆斯林忙着宰羊与骆驼，庆祝开斋，女人们用"黑那"装点自己，三毛入境随俗地做了相同打扮，"将我的手掌染成土红色美丽的图案"。

指甲花内含红橙色的染料分子"指甲花醌"，叶子、果实及种子都有，又以叶子尤其叶柄的含量最高

文中的"黑那",就是台湾社会愈来愈熟悉的指甲花彩绘。

指甲花又名散沫花(*Lawsonia inermis*),在印度、巴基斯坦、伊朗与摩洛哥皆有大面积商业栽培,是一种用途广泛的植物,可作为羊毛与皮革的染料,亦可用来染发,尤以美体染料最广为人知。

在摩洛哥,每一场婚礼必有指甲花彩绘仪式。婚礼当天,专门描绘黑那的妇女会先为新嫁娘细细描绘双手与双脚,装点她的美丽,再为参加婚宴的女性宾客彩绘。一场婚宴中,无论女性宾客有几位,绝不会有谁的黑那一模一样。聚在一块儿画黑那,欣赏彼此的黑那,也是撒拉威女性参加婚宴最大的乐趣之一。

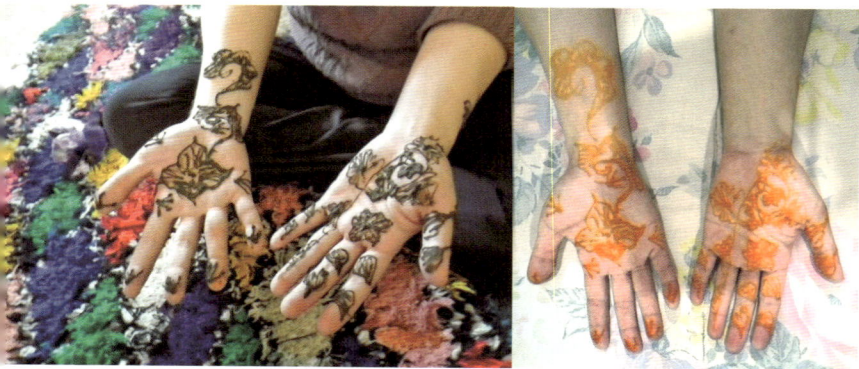

左图是彩绘刚完成时,右图是洗去黑那后的效果。此为摩洛哥较普遍的黑那花纹,与184页的撒拉威风格明显不同

左边为北部城市风格，较多花朵图形，右边是撒拉威传统风格，较繁复细致

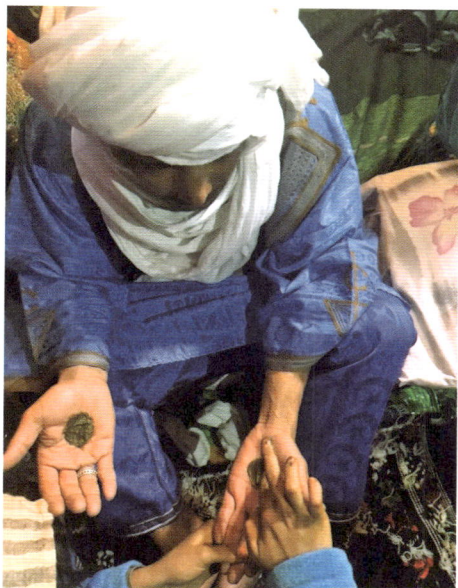

我们结婚时，家族妇女在新郎贝桑的手掌心以黑那简单画上圆形图案(摄影：Lindy Lee)

指甲花彩绘非常普遍，有时女孩子们兴致一来便会为彼此彩绘。若家中有宾客来访，也会为女性宾客画黑那，表达热情欢迎之意。

完成彩绘后需等其自然风干，让颜色与花纹留在皮肤上。洗去黑那后的天然植物染料会在皮肤上呈现红棕色。

一般来说，黑那专属于女性，撒拉威男性一生中只有三次机会可以体验彩绘。第一次是满周岁时，母亲会用黑那在他其中一只脚底画上圆形图案；第二次是隔年满两岁时，黑那会画在另一只脚的脚底；第三次是在自己的婚宴当天，家族女性会在他的双脚脚底和两只手的掌心画上圆形图案。

黑那材料可轻易购得，市面上有盒装流通，亦可在市集购买散装。使用时将粉状黑那和水调匀，注入类似针管的工具里，即可进行彩绘。

如同地毯编织，黑那是流传在撒拉威女性之间的艺术与即兴创作。小孩儿跟在家人身边，看着妈妈与姊姊彩绘，于耳濡目染中学会。

摩洛哥各地黑那彩绘风格略有不同，接近北部城市的黑那较多花朵形的具象图案，并保留比较多的大面积留白，左右对称。南部沙漠则更加繁复，常以细致纹路描绘出宛如网状的图案，尤其强调指尖、手指前两节与手掌，看似规规矩矩，却又充满灵动变化，两手图案未必对称，有时左右手的手掌与手背是四个截然不同却又相互呼应的图案。

黑那用途广泛，除了作为染料与身体彩绘之用，亦可作为药物，具有消炎效果。

　　在物资不丰的游牧社会里，偶尔小孩跌倒、擦伤或割伤，母亲会在伤口上涂抹厚厚一层黑那，再以布巾包裹。有回我扭到手腕，沙漠之中苦无药物，贝桑妈妈便调了一碗黑那涂抹在受伤部位，再以布条包裹。

　　如今，前来摩洛哥的游客多半可在大城市或饭店里享受指甲花彩绘服务。一些偏乡产地也不时举办"指甲花季"，促销在地指甲花并刺激观光业。

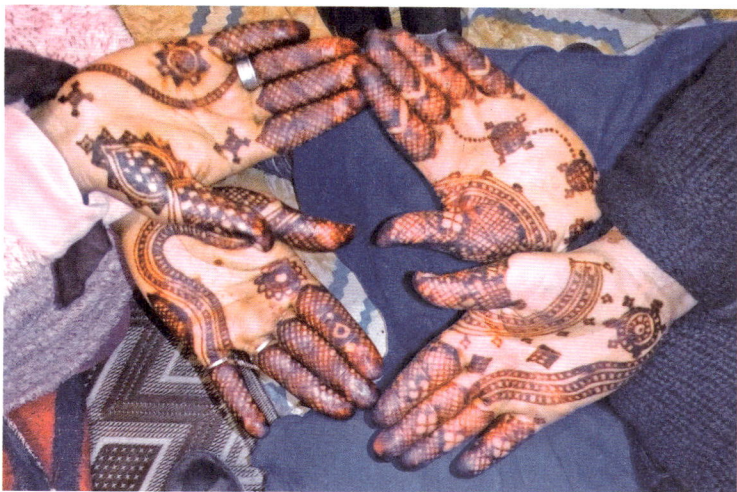

绝不会一模一样的黑那

撒拉威传统黑那图案。手掌心图案，左右手不同

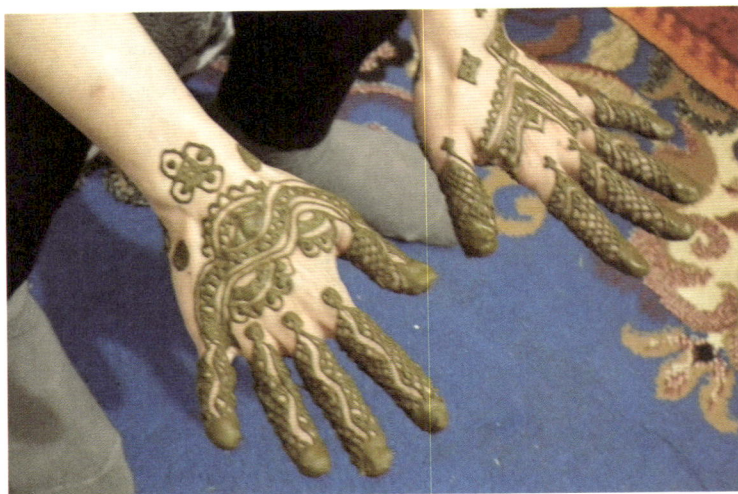

手背图案，左右手不同，且与手掌心图案不同

摄魂与拍照禁忌

　　《收魂记》里，三毛和司机巴新送水到沙漠，顺道提供些药物给游牧民族，一位老妇为了感谢，哑声叫进几个以黑布包裹身躯的蒙面女子，应该是她的媳妇和女儿。在三毛要求下，其中两个露出淡棕色面颊，"这两个美丽的脸，衬着大大的眼睛，茫然的表情，却张着无知而性感的嘴唇，她们的模样是如此的迷惑了我，我忍不住举起我的相机来"。

　　拍了几张照后，家族男人进来，看到三毛帮她们拍照，大吼大叫，说三毛用相机收了她们的魂，女子们惊吓地缩成一团，直到三毛"当众打开相机，把胶卷像变魔术似的拉出来，再跳下车，迎着光给他们看个清楚，底片上一片白的，没有人影"，所有人这才松了一口气。

　　时代早已不同，现今即便是离群索居的游牧民族都知道镜子与相机的存在，也知道手机就可以拍照，只是他们不尽然喜欢成为被外国人镜头瞄准的焦点，尤其是女性。

首先是宗教因素。现代的穆斯林女性外出时还是会用头巾包裹住头发、耳朵与脖子等，只露出脸庞，除了遮阳保暖等实质功能，更出于遮羞蔽体的需求，不同地区亦因应伊斯兰规定而发展出不同的女性服饰，只有在丈夫、儿童与男性家人面前无须顾忌。

　　再来是传统空间里的性别区隔相当鲜明。游牧民族相当保护女性，若来访的宾客里有男性，往往由家族年轻男孩为宾客奉茶，不让女性露脸。若由女性奉茶，在端出茶与茶点之后，便得隐身到另一个空间，让男性宾客所处的空间里唯有男性。

　　即便进入二十一世纪，多数摩洛哥女性外出时依然会戴上头巾，沙漠地带尤其如此。就算是在熟人之间，也几乎不可能看见露出头发的女性。就当地传统来说，这是一种礼仪，以至于有些年长男性看到女性露出头发，反应就和看到裸体一样。若有外人，女性还会用布巾遮住口鼻，仅仅露出眼睛。

　　正因如此，当三毛带药物给老妇人时，家族年轻女性并不在同一个空间内，直到老妇为了感谢三毛才叫她们出来，可见老妇对三毛的感恩与信任。但即便是这样，年轻女性们现身时依然以布巾包裹全身，只露出眼睛，无怪乎当家族男子发现三毛对着她们裸露的脸庞拍照时，反应会如此惊骇了。

　　今日的摩洛哥虽无"相机可以摄魂"的说法，但摩洛哥人并不喜欢被游客的相机对准，乡下女性尤其忌讳。现在是一人一部手机的年代，即使是游牧民族都知道社群网络的存在，不想看到自己的影像在网络上任意流通，愿意露脸、被拍摄者往往是有生存需求，希望拍摄的观光客能够付费。

在地用语与车子

　　三毛有时会用音记下某些当地用语，如"夏依麻"意思是帐篷，阿语 خيمة，发音 khayma。《哭泣的骆驼》里也曾简短提道："穆拉那是阿拉伯哈萨尼亚语——神——的意思。""穆拉那"即"mounala"音译。

　　我问母语为哈桑尼亚语的贝桑这是什么意思。

　　他说："就是神，安拉。"

　　追问他这是哪一种语言，他骄傲地说："不是柏柏尔语，是阿拉伯哈桑尼亚语，现在摩洛哥普遍都会用这个词，也会出现在音乐里。"

　　另一方面，三毛多次提到他们的车子。

　　沙漠路况不佳，许多地方完全没有柏油路，只有车痕甚至是骆驼与驴子走出的痕迹，完全是"路是人走出来的"之写照。

　　在沙丘上开车极易陷到沙里，别人走过的路径可供判断沙丘状况是否适合行驶，驾驶时就像三毛所说："车子很快地在沙地上开着，我们沿着以前别人开过的车轮印子走。"

在沙漠开车除了仰仗熟练技巧与丰富经验，车子本身更需具备特殊性能，如马力强、轮子大、底盘高、耐"造"且维修容易，方能行驶在地势多元且路况差的沙漠地带。

三毛曾提到两款适合沙漠地形的车，一是"朋驰"，即为我们熟知的Mercedes-Benz(梅赛德斯-奔驰)，另一款是昂贵又实用的大型吉普车"蓝得罗伯牌"，即Land Rover(路虎)，更精准说来，是Land Rover Santana。

Santana原是一家生产农用机械的西班牙公司，一九五八年成功转型，取得Land Rover授权，生产Land Rover Defender系列，并于一九六二年开始销往中南美洲与非洲，一九六七年更推出自行设计的车款。

在二十世纪六七十年代，Santana主要以Land Rover Defender系列为基本车型，再加以改造，其性能相当适合地势多变且路况不佳的非洲，加上西撒一九七五年前是西班牙殖民地，让Land Rover Santana更容易在西撒销售，在当地相当受欢迎。即便Santana公司已于二〇一一年解散，Land Rover Santana至今依然在西撒奔驰，性能佳又容易维修，深受撒拉威人喜爱，甚至成了西撒的标志车款。

Mercedes-Benz，三毛笔下在西撒的出租车"朋驰"，也是摩洛哥旧款出租车

Land Rover Santana，三毛说的"蓝得罗伯牌"大型吉普车

车型更古老的Land Rover Santana，车身有补丁

神秘经验

　　三毛本身纤细敏感，笔下曾出现惊奇的"撒哈拉灵异事件"，除了《死果》，另有《寂地》。这里并不打算验证巫术是否真实存在，更不想检视三毛个人经验的真假，而是试着把她在撒哈拉的神秘经验放入北非巫术与撒拉威文化脉络中来理解。

《死果》中的巫术

　　《死果》一文，三毛描述自己捡到一条用麻绳将小布包、心形果核与铜片穿起来的本地项链。扔掉有怪味的小布包和果核后，留下"只有那片像小豆腐干似的锈红色铜片非常光滑，四周还镶了美丽的白铁皮，跟别人挂的不一样，我看了很喜欢，就用去污粉将它洗洗干净，找了一条粗的丝带子，挂在颈子上刚好一圈，看上去很有现代感"。

　　怎知竟因此中了巫术，莫名生了场大病，近乎丧命，身旁的撒拉威人说是中了毛里塔尼亚来的巫术，"这种符咒的现象，就是拿人本身健康上的缺点在做攻击，它可以将这些小毛病化成厉鬼来取你的性命"。

铜片恶毒威力无穷，碰到的人或物品都会遭殃。房东罕地的妻子一发现三毛身上戴着铜片，害怕地惊叫。罕地也吓得倒退几步，厉声要荷西拿掉项链，否则三毛就要死了。荷西只好拉断项链，把牌子拿在手里。罕地马上脱下鞋子，用力打荷西的手，牌子落在三毛床边，擦过牌子的咖啡壶却导致煤气桶外泄。罕地跑到对街，拾回一手掌的小石子，要荷西用石子将牌子围住。最后的解决之道是"由回教的教长，此地人称为'山栋'的老人来拿去，他用刀子剖开二片夹住的铁皮，铜牌内赫然出现一张画着图案的符咒"。

这段文字可分成几部分来谈。

首先，三毛提到当地人时常佩戴一种铜片项链，我推测那应该是旧时撒拉威人身上的"拉贾布"（larjab）项链。

一如三毛所言，拉贾布是"此地人男女老幼都挂着的东西"，但它并不是一般项链，而是护身符，在不同族群有不同名字。西撒的撒拉威人称之为拉贾布，有些沙漠部族称为"切罗"（tcherot）或"咯利咯利"（grigri）。

这种护身符常见于撒哈拉沙漠中的图阿雷格人，以及摩洛哥南端、西撒哈拉和毛里塔尼亚的柏柏尔人与撒拉威人，状似铜片，其实是一种扁平的金属空盒，由银、铁、铜等金属制成，也有的用皮革制成，形状可为菱形、方形或长方形。盒子里会

拉贾布样式的男性项链，为扁平空盒，金属制，仍带有幸运符与护身符意涵

柏柏尔百年首饰，由女性自行加工，采护身符形式，以皮革、非洲贸易珠及金属片自制项链

百年拉贾布，皆为扁平空盒。右边的有精致雕刻，上排倒三角形象征帐篷，下排象征沙丘，中间圆形为太阳；左边的更古老简朴，更接近三毛的铜片项链

有一张纸，上头由伊玛目或传统灵疗者"玛哈博"（marabout）以阿拉伯文书写一句或数句《古兰经》经文，有时候则是玛哈博写下具有魔法的字眼或数字、某个日期、星星的名字，或者象征眼睛的符号，甚至是古老神秘咒语，其含义只有玛哈博知晓，有时候里面可能装有些许沙子或不知名小物。

人们相信，这种护身符可以带来好运和"安拉的祝福"（baraka），驱赶恶灵，保护自己不受"邪恶之眼"、诅咒、仇恨或疾病侵扰，或者得到神的祝福及好运。

早年生活条件不佳，不分男女老少，身上都会佩戴拉贾布，尤其小孩容易夭折，几乎每个小孩身上都挂一个。若小孩生了病，妈妈也会马上帮他找一个来戴，类似台湾的平安符。

早期无论撒拉威人或柏柏尔人都会佩戴类似的饰品，最精美的做工来自马里与尼日尔的图阿雷格饰品工匠，上头往往会有手工刻画，或缀银饰，富裕男性有时会一口气佩戴好几个。

然而，有些巫术使用类似形式的物品，目的却是害人夺命。

我偶然买到了一个百年拉贾布，贝桑一看吓得跳起来，以为我捡到一个邪灵符咒，后来发现是拉贾布才稍稍宽心，还说如果是空的就没关系。怎知拿起来在耳边摇晃，里面似乎还有东西，他马上脸色大变！由此可知当地人对此物威力的忌惮。

荷西的撒拉威同事曾说："我们回教不弄这种东西，是南边'茅里塔尼亚'那边的巫术。"

我想这只是推托之词，一来毛里塔尼亚同样是伊斯兰国家，二来巫术普遍存在民间，碍于伊斯兰教义，往往转向地下化，不敢大声张扬。

事实上，巫术今日依然存在于非洲各地，即便是伊斯兰化的马格里布国家都可见到巫术的存在。从摩洛哥各大城的旧城区市集，直到偏僻乡间的隐秘角落，都有贩售巫术用品的店铺，门口诡异地摆着动物干燥后的尸体，如刺猬及蜥蜴等，或是完整蛇皮、不知名矿石与干燥后的植物。店家遇到外国人，言语隐晦，不愿多说，也不想做外国人生意。若询问摩洛哥人这是什么店，反应通常是尴尬且匆匆带过，只说是专门施行巫术的人。

我虽未曾目睹巫术施行，倒是曾有人试图向我们下巫术。

二〇一五年我们民宿刚动工没多久，有天我在尚未搭建屋顶的沙龙捡到一件用过的黑色紧身衣，判断应该是从屋外丢进来的，虽然还算干净，只沾到一点点尘土，却隐隐有种奇怪的味道，说不上来是什么。

我很困惑，沙龙围墙蛮高的，谁费了这么大力气把旧衣服丢进来？又是为什么呢？

我不以为意，贝桑一看却脸色凝重，叫我千万不能碰，赶紧把衣服丢回地上。他用树枝把紧身衣挑起来，放进塑料袋，带到偏远的地方，撒泡尿，烧掉了。

贝桑回来后，总算跟我说那是黑魔法，有人故意丢进来，想诅咒我们盖不成民宿。接下来他拿了一瓶干净的水，放入几片新鲜橄榄叶，并将播放《古兰经》吟唱的手机放在瓶口以净化水质，接着将水洒在屋内各个空间，同时大声播放《古兰经》，最后再用熏香净化空间，驱赶邪恶能量。

进入二十一世纪的今天，摩洛哥仍不时传出骇人听闻的巫术事件。

二〇二〇年夏天，摩洛哥南部撒哈拉地带发生了五岁女童被诱拐谋杀的重大案件，据信与巫术有关。民间巫术相信，有些屋里藏有宝藏，守护宝藏的精灵要求寻宝人必须以血献祭，若寻找天生有异相的小孩——女童天生斜视且智能不足——将之杀害并挖出眼睛，献给精灵，便能寻获宝藏。

沙漠草药铺贩售的"微巫术"。民间相信将刺猬的刺剪下，与熏香一同以炭焚烧，袅袅上升的烟与气味可驱逐邪恶能量，洁净空间

而在可怖的巫术仪式背后，往往隐藏着悲伤无奈的人间故事。

二〇二〇年冬季，约夫梅吟(Jorf el Melha)坟场发现三位妇女鬼鬼祟祟地在挖掘一个孩童的坟墓，警方逮捕了她们，这才得知其中一位妇女是来挖掘自己孩子的尸体。原来，小孩几个月前去世后，母亲哀痛欲绝，因此在婆婆和邻居妇女的陪伴下前来挖坟，想把遗骸带回去进行巫术仪式，相信只要把遗骸和水混合，再拿水来洗澡，就可以让孩子起死回生。

《寂地》里的脸猜

三毛描述与友人一行共八人前往沙漠露营，在一个奇异的树林旁扎营，聆听"脸猜"的故事。

当时三毛与友人扎营的地方虽是无人荒漠，却有着奇异的树林，乍看以为是松树，"林子里长满了杂乱交错的树，等了一会，眼睛习惯了黑暗，居然是一堆木麻黄，不是什么松枝"，更诡异的是，再往阴影深处跑，幽暗光线里，一座"阴气迫人"的小小建物冷不防跃入眼里，"静静的一个石屋，白色的，半圆顶，没有窗，没有门的入口，成了一个黑洞洞，静得怪异，静得神秘，又像蕴藏着个怪兽似的伏着虎虎的生命的气息"。然而，她隔天"趴着再看那片树林，日光下，居然是那么不起眼的一小丛，披戴着沙尘，只觉邋遢，不觉神秘"。

首先，从植物角度来解读，依据我对沙漠植被的认识，"那堆杂乱交错的树林"既非松树亦非木麻黄,很可能是撒哈拉常见的无叶柽柳(学名 *Tamarix aphylla*)。

西撒虽然气候条件严苛,仍有稀薄植被,多为木质和草本植物,最常见的就是金合欢、盐肤木属灌木(*Rhus Triaprtium*)与无叶柽柳。

无叶柽柳是柽柳属中最大的品种,原产北非、东非和中非,可见于中东、西亚和南亚部分地区,生命力强韧,非常耐旱,可存活于盐碱土壤并抵挡沙尘暴,因此常作为防风林。无叶柽柳生长时或向上昂然拔起,粗壮的根往外扩散极远,或贴近土地生长,枝叶茂密,终年常绿,枝干粗壮,向外延伸出新的树枝,同样往上昂扬。走近野生的百年无叶柽柳,常让人分不清是树或是林。

无叶柽柳

无叶柽柳散布在布嘎(Boucraa)与司马拉一带,三毛描述的奇特树林可说相当吻合其植物特性。由于无叶柽柳的树叶为针叶状,来自欧洲的荷西误以为是松树,来自台湾的三毛误以为是木麻黄。

　　再从地质的角度探究,《寂地》里的撒拉威人伊底斯曾在该地捡来一块"水晶"并给了三毛,但文中的水晶(crystal)应该是北非常见的石英(quartz),硬度与透明度不如一般市面贩售的水晶。石英在布嘎与司马拉一带有产,也是今日此地游牧民族向观光客兜售的纪念品之一。

　　换言之,就植被与矿物的特性来说,三毛描述的地点不仅有存在的可能性,而且很可能就在布嘎与司马拉一带。

　　接下来从建筑视角切入,文中那座半圆顶、无窗、无门且内

石英

有坟墓的白色石屋，与当今北非 marabout 建筑形态极为相似，而 marabout 确实常常出现在坟场旁边。

marabout 是一种专门用语，源于阿拉伯语مَربوط，音译"玛哈博"，普遍存在于北非、中东与撒哈拉以南的非洲地区。玛哈博的定义非常模糊，可同时指涉伊斯兰灵疗所（建物）或与神秘能量相关的灵疗者（人），通常意指穆斯林圣人或隐士，等同具有神秘疗愈能力的人（包括草药和仪式性）、智者、教育者等，通常与宗教性的疗愈有关。由于具有神奇能力，让人敬畏甚至恐惧，玛哈博在黑人非洲拥有重要的社会地位。

由于玛哈博生前护佑着一整座村子，有时村名或城郭便以

玛哈博多半建于城郭外，远离市集与社区

穆斯林坟场里的玛哈博，地面一块块竖立的石头即为墓碑

他为名,因此后来玛哈博也被用来指涉这些人的坟墓。大多数的情况下,这些坟墓被视为神圣场所和庇护所,建筑形式为圆顶,外观并涂上白色或绿色这两种伊斯兰认为是和平与祝福的颜色。

玛哈博往往位于远离人类居住的核心地带,比如盖在坟场、山腰、海边或城郭墙门外,至今每年仍有数千名信众会围聚在小型宗教圣所"扎维亚"(zaouïa)进行与玛哈博相关的宗教仪式。

山村乡野居民认为玛哈博能行使神迹,常向玛哈博咨询医院无法解决的疑难杂症,如癫狂、情绪困扰、不孕、莫名疼痛、幻觉等。每个玛哈博的独门方法不同,有些使用药水、药用植物或护身符将恶灵赶出病患身体,有些则经由诵念《古兰经》来给予祝福,甚至召唤精灵。

早期的玛哈博是指那些天生从家族中继承巴拉卡(baraka)神秘力量并经过多年训练与学习的人。他们拥有智慧与丰富的人生经验,信实可靠,禁欲苦行,以最简单的衣食物资满足生存所需,乐于为人处理疑难杂症且不收取报酬,人们则以物资或金钱回馈他的协助。玛哈博宛若精神大师、修行者或苏菲隐士,具有宗教领袖的影响力,但没有政治实权。

随着时代推演,今日的玛哈博多半具有贬义,指涉庸医、江湖术士与神棍等。早年的玛哈博是德高望重的苦行僧,现在却常见三四十岁的玛哈博,不知师承何处,甚至在脸书打广告,赚取暴利。

时至今日，由玛哈博执行的驱魔与神秘仪式仍然存在，但伴随驱魔仪式而来的往往是酷刑与毒打，有时甚至造成无辜者的伤亡，不时引发争议。有人认为必须革除老旧恶习，有人认为必须保护传统，有人认为必须纳入医疗体系。

一般认为玛哈博的信众是愚昧无知与迷信的受害者，但有些学者认为，仪式与起乩显示了底层弱势人民对于政治系统与经济体系这些具有主宰力量的反抗。仪式中，号称被鬼魂精灵附身的玛哈博可以与压迫贫困者的邪灵平等地交谈、协商，甚至战斗，现实生活中的贫困者却只能饱受高压政治与经济力量的压迫，完全无法翻身。

《寂地》形容的建筑特色与玛哈博相当吻合，《死果》与《寂地》都曾提及的"山栋"一词则音似 santon，此词在北非某些地区的古老用语里用来指称玛哈博里的穆斯林苦行僧与长老，除了具有一定威望，还能以宗教方式处理邪灵事件。

最后一个关键概念是"脸猯"。

三毛描述："脸猯这种东西以前很多，是一种居住在大漠里的鬼魅，哈萨尼亚语也解释成'灵魂'，他们住在沙地绿洲的树丛里，后来绿洲越来越少了，脸猯就往南边移，这几十年来，西属撒哈拉，只听说有一个住着，就是姓穆德那一族的墓地的地方，以后大家就脸猯脸猯地叫着，鬼魅和墓地都用了同一个名字。"

我推测三毛说的"脸猯"应是 djinns 的音译，也就是精灵。

精灵是一种超自然生物，是躲在山林水泽间的害人精怪，

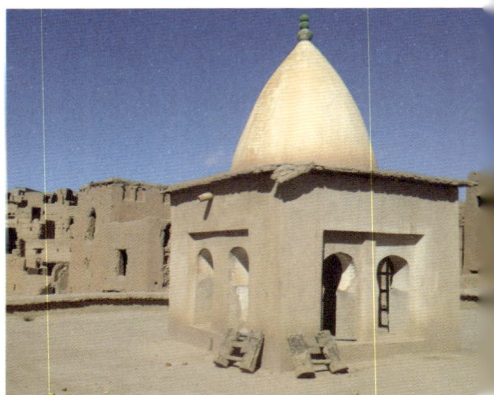

各地的玛哈博建物共同点为圆形屋顶，并以白色和绿色为主

来源不清，形象模糊却拥有各式乡野传奇，与汉人文化最接近的观念或许是"魑魅魍魉"。

《古兰经》曾数度提及精灵的存在。神用土壤制造了人类，用"微弱的火焰之光，无烟之火"创造了精灵，拥有自由意志的精灵，将在审判日与人类一同被审判。

前伊斯兰时期，精灵被视为诗人的缪斯，也有精灵组成部落甚至王国的传说，神秘仪式如格纳瓦音乐则可与精灵打交道。据说先知穆罕默德生前被一个邪恶精灵跟着，后来邪恶精灵在经过长时间追随后终于被先知言行感化，改邪归正。

据说精灵至少有十五种，躲在水畔、荒地与山林等潮湿肮脏的不洁之地。人类肉眼看不见精灵，精灵却可幻化成动植物或人形，最常出现的是蛇形，并可以在精神与心理上，迷惑、影响甚至控制人类，聪慧又有经验的人则可从精灵的奇特言行与怪异举止认出他们。

在《寂地》里，一般人看不见脸猹，除了一个名叫"鬼眼睛"的女人，有天她跟去送葬，大白天竟然看到许多帐篷、羊群且正要拔营，一问之下，才知竟然只有她看见！

民间有些与精灵打交道的巫术仪式，可用来治愈伤口、寻找爱情，甚或求子求孕，最常见的是祈福，保护自己不受"邪恶之眼"的伤害。

有些灵疗师认为女性不孕是精灵造成的，因为精灵就像风一样吹入她的脑袋，啃食器官，使她对丈夫不再渴望，甚至爱上精灵；或者精灵会将孔堵住，让丈夫无法进入她的身体，导致不孕，必须作法赶走精灵，才能让女子成功受孕。

用来作法的物质非常多元，包括矿物、植物、贝壳、香料或动物等。

除了精灵的主人，一般人的肉眼看不见精灵。据说有些女巫会切开猫的眼睛，和一种名为 kajal 的物质混合，涂抹在眼睛上，就可以看见隐形的精灵。有些浪荡街头的独眼猫，失去的那只眼睛很可能就是被用在某种巫术配方里。

有些据说是精灵王坟墓的建物，同样被视为圣人冢。

沙漠精灵

精灵的概念不仅仍然存在于现今社会，也启发了国外电影的创作灵感，二○一○年法国与摩洛哥合作的电影《恶灵战场》（又译《沙漠迷城》），原名即为 *Djinns*。

主轴引用穆斯林观念的精灵，电影年代设定为六十年代，阿尔及利亚独立战争尚未结束，一架法国军机在撒哈拉失事，唯一幸存的士兵带着一个手提箱逃了回来，却受到极度惊吓而失语。

一群士兵被派去救援，虽然找到飞机残骸，却被困在一个地图上没有标示的沙漠部落，遭遇阿尔及利亚游击队攻击。

由于沙漠里的精灵比人类更早存在于沙漠，因此视法国士兵为入侵者，幻化成各种形影在他们耳边耳语，导致他们一一发狂而死，唯有部落女性守护者明白发生了什么事。

很快地，法国士兵只剩下一位能看见精灵的米歇尔，在部落女性守护者为了保护他而被杀之后，米歇尔接替她的工作，带领村民在沙漠寻找新的庇护所。

《恶灵战场》中的邪灵之所以危害人类，主要目的是保护沙漠生灵不受法国殖民政权下的军事力量干扰。片头出现的那个手提箱，装着六十年代法国在阿尔及利亚撒哈拉沙漠进行首次核武器实验的"蓝色跳鼠"机密文件，要秘密交给当时的法国总统戴高乐，片尾最后画面为核武器试爆的蘑菇云，剧情安排既符合传统观念又有现代新诠释，甚至折射出殖民政府对北非部落民族的歧视与压迫。

荒野本来就是精灵的家

我自认是个"麻瓜"，没见过任何灵异事件，生长于大漠荒野的贝桑倒是累积了丰富的精灵经验。

贝桑三四岁时便见过精灵。那时全家人与几户游牧人家仍在沙漠深处过着逐水草而居的生活，小孩们全玩在一块儿。不知何时开始，孩子之间流传起"精灵马车"的传说，好几个大一点的孩子都信誓旦旦地说曾经目睹"精灵马车"在沙漠荒野来去自如。

有一天，隔壁帐篷的小孩突然跑来说"精灵马车"又来了！

哥哥姊姊马上拉着年幼的贝桑兴冲冲地跑去看。一群小孩躲在石头后面，不一会儿，远远看见一辆华丽马车奔跑着，马儿的脚不着地，马车却缓缓向前行，说不出的诡异！忽地，一个小孩害怕地叫了声，大家生怕被精灵发现，一群人头也不回地飞奔回家。

我向贝桑的哥哥和姊姊求证："或许那只是一辆普通马车，你们看错了。"

他们坚定地摇头，很清楚自己看到了什么。碎石满地的荒野不可能出现马车，况且马儿奔跑的速度与方式也完全不是正常马匹会有的样态。

再大一点时，贝桑较常见到的精灵往往出现在树梢，远看具有人形，但无论怎么靠近，模糊人形依然远远的，忽地化作一道烟火飞到树梢，接着又化作另一道烟火，朝天际散去。

《寂地》里的"鬼眼睛"同样看到脸猹"坐在树枝上，摇啊晃啊地看着人下葬，还笑着跟她招手呢，这一吓，鬼眼睛自己还买了只骆驼来献祭"，怎知祭台明明就一块平平的大石头，却怎样也装不满！

我认识的穆斯林倒不曾对精灵献祭，若遇到，要不置之不理并快速离去，要不诵念《古兰经》，驱赶精灵。

最让贝桑印象深刻且恐惧万分的经验发生在我们村子附近。

那时贝桑七八岁，和大他三岁的哥哥一同赶羊到远方吃草。两兄弟走了好远的路，水喝完了，哥哥要他去井边汲水，自己留在原地看顾羊群。就在贝桑把水壶装满准备离去时，突然一阵头皮发麻，朝近在咫尺的黑色岩山望去，大白天的，却见一个身形极为高大的巨人，长着一张法国人的脸，长及膝盖的头发纠结成数条辫子，近乎一丝不挂的身上披挂着几缕破布，以极为扭曲诡谲的方式从岩山朝他而来，动作明明极度缓慢，却忽地已在半山腰，眼看着就要来到贝桑跟前。

吓呆的贝桑知道自己遇鬼，吓得趴在地上站不起来，水壶也不要了，四肢着地猛朝哥哥的方向爬去，也不知爬了多久，发现自己能站起来了，马上拔腿就跑！接下来好几年完全不敢靠近那一带。

这个故事贝桑说了好几次，我点点头，当成有趣的乡野传奇。

直到有一天，我们在沙漠深处游走，寻找可以带观光客游玩的"私密景点"，贝桑带我来到一处极为特出的废墟。一大片平坦荒地上，数座黑色岩山交会处，散落着几座土夯废墟，一棵百年金合欢绿意盎然矗立于中央，树旁明显是旧时小径，不远处，一座百年古井里的水依旧清凉且不带咸味——这在沙漠可是极为罕见的资源。

贝桑解释，这里是旧时法国军营，法国人撤走后就荒废了，因为古井水质极佳，偶尔会有游牧民族赶羊来这里喝水。

我忍不住问这里的自然地形很特殊，又有靠山，荒地辽阔，可轻易看见远方来者，还有干净水源，为什么没人来善用这里的资源？

好一会儿他才说，这里就是他小时候遇见法国鬼的地方。

我往废墟里探寻，发现土夯废墟后头散布几座空坟，这才知道他告诉我的见鬼故事并非只是一则传说。

事实上，沙漠中人对精灵的熟悉与接受度，让我相当诧异。

有时天热，我和贝桑会带着毯子枕头前往偏僻的黑色岩石地，夜宿星空，安静凉爽。

有一回正望着星空闲聊，他突然要我安静，起身注视远方。我朝他望去的方向看，什么都看不见。好一会儿，他念了几句《古兰经》，说没事了，可以安心睡觉了。

我问他怎么了，他说这一带偶尔会出现精灵，点点亮光忽近忽远地闪烁。荒野精灵不是坏精灵，只是好奇，加上我们太靠近他们栖息的地方，所以他们过来探探，知道我们没恶意，加上贝桑诵念了几句《古兰经》，精灵也就离去了。

我追问："你怎么知道是精灵？说不定只是远方车灯。"

贝桑淡然又坚定地说："我从小在沙漠长大，很清楚那就是精灵。但是不需要害怕，荒野本来就是精灵的家。"

贝桑幼时遇见法国鬼的地方，人迹罕至。后方黑色山岩是两座形状相似的母子山，右下角就是他汲水的那口井，山岩下的土夯废墟为旧时法国殖民军团驻扎处，废墟后方为坟场，棺木看似已被挖走，只留空坟

三

西撒
今昔

西撒小史

西班牙殖民前的欧非往来

西撒这块广袤无垠的荒漠，海岸线极长，内陆降雨量低，植被稀疏，人类活动向来稀少，虽然大西洋沿岸曾经出现几个腓尼基人和迦太基人的殖民据点，但内陆长期以来都只有少数柏柏尔人在活动，以游牧、担任骆驼商队向导，甚至抢劫骆驼商队维生。

公元七世纪，阿拉伯人进入西撒，随着跨撒哈拉贸易线逐渐形成，西撒在公元八世纪逐步开启了伊斯兰化的历程。然而，这些改变是浅层的，多数居民仍然保有泛灵信仰。

十五世纪中叶之后，西班牙、葡萄牙与法国争相前来占据这块看似无人的荒漠。十九世纪末，西班牙正式将西撒列为殖民地，此地的历史也随之天翻地覆。

西班牙在西撒的殖民

形塑近代西撒最强大的势力是西班牙殖民政府,若真要理解"三毛的撒哈拉",便不得不深入了解西班牙在西撒的经营与当时的发展脉络。

西班牙在西撒的殖民始于一八八四年,止于一九七五年摩洛哥发动的绿色行军(la marche verte)。西班牙学者将西撒发展分为三个时期:一八八四年至一九四〇年、一九四〇年至一九六四年和一九六四年至一九七五年。(详见西班牙学者 José A. Rodríguez Esteban 与 Diego A. Barrado Timón, *Le processus d'urbanisation dans le Sahara espagnol (1884-1975). Une composante essentielle du projet colonial*: https://doi.org/10.4000/emam.743)

第一时期:一八八四年至一九四〇年

一八八四年,西班牙在大西洋沿岸占领第一个据点,命名为西斯内罗斯城(Villa Cisneros,即今日的达赫拉〔Dakhla〕),并宣布从西斯内罗斯城直到加那利群岛这长达五百多公里的海岸线为其保护地。

同年,西班牙在勃哈多湾(今博哈多尔)和白角(Cabo Blanco,今努瓦迪布角〔Ras Nouadhibou〕)建立殖民据点,一方面保护加那利群岛与沿海一带的捕鱼权,一方面阻止对非洲虎视眈眈的英国与法国。借由设立军营与据点,西班牙一步步推进殖民势力,原本甚至有意扩大势力范围直达廷巴克图,但因法国已成功殖民塞内加尔与阿尔及利亚,无法如愿。

一八八六年,西班牙正式将西撒划为保护地。初期的政治掌控相当表浅,仅停留在沿海一带,透过建造军哨站与碉堡来保护港口。

二十世纪初,西班牙与法国签订一系列条约,瓜分摩洛哥与撒哈拉。

沙漠环境的特殊性让水源的有无成了殖民政府是否在一地建城的关键因素。一九三八年,阿尤恩发现了丰沛的地下水脉,西班牙政府是而在此建造军事站,作为前往达赫拉的中继地。在此之前,一九一六年在朱比角、一九三四年在伊夫尼都兴建了机场,对西撒的控制权至此确立。

西班牙殖民第一时期在西撒的总人数不曾超过一万五千人,多半在沿岸从事渔业,有些在殖民政府公共部门或公共工程工作,绝大多数都是军队,主要在一些城市与游牧民族进行贸易活动。撒拉威人则大抵维持相同的游牧民族生活与传统集会,遵循伊斯兰律法。

第二时期:一九四〇年至一九六四年

殖民第二时期最重要的发展是进行地质科学探勘,进而制定城市发展重点和实行隔离政策。

一九三九年西班牙内战结束后,佛朗哥将军上台,大举动用国家机器建设西撒,尤其是阿尤恩和达赫拉,其他地区则以军营、政府机构及教堂为主。与此同时,第一次大战蠢蠢欲动,西班牙觊觎着法国在非洲的殖民地。

一九三八年,西班牙政府在阿尤恩现址盖了一座军营与军用机场作为中途停泊站。由于战略地位重要,小型住宅区随之迅速发展。阿尤恩第一个建设核心落在萨基亚·阿姆拉(Sakia El Hamra)山谷南岸,一九四〇年持续向南拓展。一九五〇年,城市计划启动,阿尤恩成为西班牙在非洲进行都市规划与相关研究的第一个城市。

一九五八年,设立撒哈拉省成为海外省,但直到一九六〇年的建筑数量都非常有限。

西班牙殖民西撒的过程遭遇颇多困难。一方面是阿尔及利亚、摩洛哥与毛里塔尼亚等邻国反对殖民行动,另一方面是即便耗尽大量资金,依然无法吸引西班牙国民前来——二十世纪二三十年代,西班牙国民依然偏好移民法国与拉丁美洲。是而,西班牙于一九四七年起暂缓殖民政策。

另外,西班牙在二次世界大战期间首度于西撒进行科学探勘,整个五十年代都积极寻找"有用的非洲"与各种矿产,西撒基础设施因而改善。

同样从五十年代开始,干旱迫使部分游牧民族在城市定居下来,非洲也逐渐陷入民族主义烈火中,反殖示威炙热。一九五四年,阿尔及利亚发动独立战争。一九五六年,摩洛哥独立。

然而,西班牙和欧洲人口在西撒持续增加,尤其布嘎的磷酸盐矿正式开采后,吸引了西班牙本土与加那利群岛的人前来,多数为政府官员、军事人员、矿场技术人员等,不过多半只是短暂停留。

第三时期:一九六四年至一九七五年

殖民第三时期,磷酸盐的开采彻底改造了西撒的乡村和城市。

进入六十年代后,磷酸盐正式开采。由于邻近的摩洛哥与毛里塔尼亚分别于一九五六年和一九六〇年独立,西班牙政府为了避免横生枝节,利于殖民统治,希望借由提供较优渥的生活条件让游牧民族定居下来,减少传统游牧经济带来的移动,防止他们组织能够在军事上对抗西班牙统治的武装团体。

游牧民族的定居加快了城市化进展的脚步,西班牙政府被迫采取一系列行动回应需求,以促进经济发展、有助空间规划,其中又以阿尤恩的发展最明显。

阿尤恩，因殖民而诞生于荒漠

　　三毛笔下的阿雍就是现今西撒最重要的城市阿尤恩，于一九五八年十二月正式取代当时的西斯内罗斯城，成为西撒首府。

　　西班牙殖民政府在非洲进行城市规划的第一个地方便是阿尤恩，整体计划早在一九三九年便着手进行，一九五七年启动住宅建设。六十年代正式开采布嘎磷酸盐矿后，各项工程更是加快进度，整体建设方向由西班牙政府掌控，直到殖民时期结束才戛然而止。

　　三毛在《白手成家》提到，当他们终于把阿尤恩的家打造得宛若城堡般美丽后，被通讯社记者视为"全沙漠最美丽的家"，一个荷兰人受西班牙政府之托，承造一批要改建给撒拉威人住的宿舍区，甚至要求参观三毛与荷西的家。

　　若将这细节放入阿尤恩的都市规划脉络中来阅读，饶有趣味。

奠基与开拓

位于大西洋沿岸的阿尤恩地势平坦，附近有沙丘群，沿岸渔获丰富。阿尤恩意指"泉水"。

公元十世纪，阿尤恩邻近一带开始有人居住，生活形态是传统游牧，直到十九世纪西班牙殖民时才逐渐繁荣。

一九三四年，丰富的地下水脉吸引了西班牙政府在此建立军营。初期的阿尤恩只是个军事哨所，顶多加上几间撒拉威土屋，找到新泉源后，西班牙政府在各处凿井灌溉，培育农民，引进农耕设施，发展小型农田，进行初期农业开垦、饲养家禽并种植果树，让游牧民族无须四处迁徙寻找牧场，并推动学校与医院的建设。

一九三八年，阿尤恩正式建城，城市根基由西班牙军人普利多（Antonio de Oro Pulido）于此年奠定。当时才三十多岁的他深谙阿语与哈桑尼亚语，真诚热爱着撒拉威文化，常与妻子和撒拉威人在帐篷里喝茶，或是穿上蓝袍骑骆驼进沙漠，与撒拉威人就像家人般相处。

普利多渴望建造一座能让撒拉威人愿意定居的城市，一座能让西班牙人与撒拉威人和平共处的城市，减少冲突的发生。可惜两年后他就因败血症逝世，年仅三十六岁。

直到五十年代末期，西撒的殖民地属性与军事功能角色都异常鲜明，当地的欧洲人是政府官员、军人、建筑商与供应商，以及来自加那利群岛的家庭。即便如此，阿尤恩对这些人来说仍是一屋难求，泰半是男性先来探路，几个月后找到住所，再将家眷接过来。七十年代初，情况依旧相同。荷西找到布嘎矿场的工作后，只身抵达阿尤恩寻找住所，安顿好后才接三毛前来，且房租偏高。（详见《白手成家》）

一九六〇至一九七五年是阿尤恩的快速发展阶段，除了军营与住宅，采矿、建筑与探勘公司纷纷加入当地的发展列车，而随着电话、广播与电视接连引入，即便西班牙政府执行严格审查，新思维也在当地传播开来。

要让一座现代城市在广袤荒芜大漠中平地而起，难度高，成本重。

首先，建材取得不易。撒哈拉原物料短缺，当时建造阿尤恩所需物资多来自西班牙，然而，西班牙接连遭受内战（一九三六至一九三九）与第二次世界大战（一九三九至一九四五）之苦，建材亦缺。再者，物资除了得先从西班牙以船只运送到大加那利岛（Gran Canaria）的拉斯帕尔马斯（Las Palmas）港口，还得横渡危险海洋，抵达西撒沿岸港口塔尔法亚，再以陆运送抵阿尤恩，整体运输成本极高。

阿尤恩直到七十年代都是物资稀少、价格高昂、建筑工资极高，这在三毛文中全读得到。《白手成家》里，她想为新家添购日常用品，然而"东西贵得令人灰心，我拿着荷西给我薄薄的一沓钱，不敢再买下去"。屋舍由空心砖（parpaing）砌成，连石灰都没涂，房间中央一个正方形大洞无法阻止沙尘暴入侵，房东却拒绝粉刷墙壁，也不愿处理窗户的问题，最后仍是荷西亲自上工，打造属于两人的家。

七十年代的阿尤恩已稍具现代聚落规模，三毛描述："说它是首都，我实在难以承认，因为明明只是大沙漠中的一个小镇，三五条街，几家银行，几间铺子，倒是很有西部电影里小镇的荒凉景色和气氛，一般首都的繁华，在此地是看不到的。"（详见《平沙漠漠夜带刀》）

今日的阿尤恩人口有二十几万，不再是一九七五年三毛笔下的落后村庄，居民虽然依旧是"总爱穿深蓝色布料的民族"（详见《白手成家》），但已非"不清洁的衣着和气味"且"外表上看去都是极肮脏而邋遢的沙哈拉威人"（详见《芳邻》）。整体市民生活水平远远高于游牧民族，尤其一九七九年以后摩洛哥政府给予企业家和投资者税收优惠，大大有助于阿尤恩的地方发展。

军事要塞性格

西班牙在西撒做了相当多的军事建设，阿尤恩的城市结构更可说是在一座座军营保护下缓慢成长起来的。

城市里，工程师与军人混居，除了数座军营，更有区域管理中心、车库、炮兵公园、卫生中心、野战炮兵团、领土警察、药房、兽医服务、省立医院、政府车库（Cocheras del Gobierno）与伞兵总部等,不一而足,郊区则有空军基地、直升机基地、新兵训练营区、海军司令部与海上连队等。

军事风格建筑的完美体现就在阿尤恩的西班牙广场(Plaza de España)一带,总督府(al Gobierno General del Sahara)、市政府(ayuntamiento)、教堂与医院,浓浓的政治管理功能全数位于同一核心区域。

五十年代,阿尤恩逐渐成为一座为西班牙驻军家庭服务的殖民城市,来自西班牙本土与加那利群岛的西班牙定居者住在最古老的核心区,屋舍使用的多为永久建材,撒拉威本地人则挤在缺乏基础建设的外围郊区,如阿尤恩的石屋区(Casas de Piedra)。

居住空间的差异同样显示了阶级与军事化的特色,上级军官与军眷居住在科洛米纳斯(Colominas)等街区,设有娱乐中心,一般士官与商人住的区域环境条件较差。

当年西班牙撤离西撒以后,当地的撒拉威人接手入住,这些殖民建筑如今多数依然完好。时至今日,旧时总督府与教堂一带的核心区被称为"西班牙区"——以此区隔一九七五年后摩洛哥政府大力建造的新市区——位于阿尤恩西北,相对老旧破败。

空间里的社会差异

另一方面，阿尤恩的城市样貌也显示了一定程度的种族主义与隔离政策之下的社会差异。

不出意外，发展中的阿尤恩吸引了愈来愈多游牧民族前来定居，但其生活区域相对缺乏基础建设与公共服务，难以融入现代生活。到了六十年代，游牧民族居住处与殖民者居住的现代城市，两者之间更有着明显的差异，也在一定程度上造成了种族隔离，让整座阿尤恩变成一座被分割的城市。

西班牙人虽然不至于和撒拉威人全然疏远，却也不甚欣赏，来自西班牙本土的西班牙人对撒拉威人的种族歧视尤其明显。相对地，来自加那利群岛的西班牙人较能和当地人融合在一起。

种族歧视也造成了同工不同酬，撒拉威籍的磷酸盐工人薪资低于欧洲籍，当地人亦较难进入西班牙高级学校。

随着阿尤恩的城市发展速度愈形加快，总督府与教堂一带的核心区也衍生出酒吧与电影院等欧式娱乐空间。从老照片中可发现，当时驻军的娱乐活动正如三毛所说："每星期天的黄昏，外籍兵团的交响乐团就在市政府广场上演奏。"

在这个宗教与政治核心地带里，生活节奏相对欧式，居住者多为西班牙人；核心区域外围则是范围辽阔的非正式社区，散落着撒拉威人的帐篷、土屋与铁皮屋，生活条件极差，帐篷增加速度远远高过基础建设速度，活似贫民窟，也衍生出公共卫生问题，一九七五年联合国专员来访时就特别注意到撒拉威人的生活条件堪忧。

《白手成家》里的描述，与当时情况相当吻合。

三毛刚到阿尤恩时，走出机场，和荷西提着行李，沿途经过千疮百孔的大帐篷、铁皮小屋与大批羊群、骆驼，走进了一条"街旁有零落的空心砖的四方房子散落在夕阳下"的长街，直直走到城里的"坟场区"，走入荷西为她安置的家。

当时镇上住着些欧洲妇女，不与撒拉威人往来，起初因三毛学历较高，对她"非常应酬"，尔后得知三毛住在镇外的"坟场区"，气氛忽地一阵难堪的寂静。一位太太说自己不曾去过那里，因为"怕得传染病"，另一位太太对于三毛和撒拉威人混在一起啧声表示不认同，要她搬来镇上住。一来一往间，细微勾勒出欧洲殖民者与当地居民之间的尊卑关系，以及阿尤恩并不是一个均质发展的城市，种族隔离与空间里的社会差异跃然纸上。

然而"没有经济基础的沙哈拉威是不可能住到小镇阿雍来的"，三毛的邻居们不仅领有西班牙政府补助金，拥有正当职业，将屋舍出租给欧洲人，还加上羊群等，收入稳定可观，真正贫困的是她笔下那些住在沙漠深处帐篷里的游牧民族。

从三毛的文字中，完全可以拼凑起七十年代在西班牙殖民政府主导下正逐渐缓慢建城的阿尤恩。殖民者居住的现代城市外，一片沙漠风情，虽说不至于泾渭分明，差异仍显而易见。

阿尤恩的生活条件

大抵来说,在西班牙政府大力建设下,三毛与荷西抵达时的阿尤恩已有一定程度的基础建设。军营虽无处不在,却就像个西班牙本土城市般过着西班牙式生活,拥有西班牙社区,举办西班牙聚会,就连节庆与假日都按照西班牙节奏,与撒拉威人和平共处。

即便如此,当时的阿尤恩生活条件就现代标准来说,实在不佳。三毛对此可说多有着墨,诸如光秃秃的小灯泡、密密麻麻停满苍蝇的电线,由于沙漠日夜温差高,"墙在中午是烫手的,在夜间是冰凉的",供电时有时无,以及不时狂卷天地的沙尘暴会从天花板的四方大洞缓缓落入屋内。因为生活用品多由

送水车正将水输送到民宅天台的水塔内

西班牙进口，贵得吓人，就连床垫都"价格贵得没有道理"，更不用梦想床架了(详见《白手成家》)。

缺水尤其是老问题。阿尤恩相对来说水资源较为丰沛，但整个西撒就是一座干燥缺水的大沙漠，市政府提供从沙漠深井打出来的咸水，饮用的淡水仍需外出购买，"送水车"不时出现在三毛文字里，她甚至曾经跟着送水车前往荒漠旅行。

随着阿尤恩日渐发展成大城，水资源需求日增，摩洛哥政府兴建了海水淡化厂，却依然不敷所需，城里不时断水，今日仍有胖胖的水车四处卖水。

三毛文中不时可见当时种种生活不便，即便是煮个饭："有时煤气用完了，我没有气力将空桶拖去镇上换，出租车要先走路到镇上去叫，我又懒得去。于是，我常常借了邻居的铁皮炭炉子，蹲在门外扇火，烟呛得眼泪流个不停。"(详见《白手成家》)文中的煤气即瓦斯。

值得一提的是，现今摩洛哥庶民生活与三毛当年的描述依然有极大程度的吻合，例如大出租车(le grand taxi)依然是奔驰牌；厨房瓦斯桶空了同样得自行拖着沉重的空桶前往杂货铺购买新桶，扛回家后再自行更换，费时又费力；铁皮炭炉也仍然是沙漠家庭常备用品，由特定店家以手工制成，今日多半用来煮茶。

手工制作的铁皮炭炉子依然是沙漠家庭
常备用品

铁皮炭炉子只在特定店家贩售

摩洛哥几乎每家杂货铺
皆有售瓦斯桶,但必须自
行将空桶拖过去

满载瓦斯桶的大卡车

金河大道与三毛故居

"金河大道"的寓意

三毛说自己住在"金河大道"长街里,一间没有门牌的小房子。这街名其实暗藏玄机。

"金河"的西班牙语为 Río de Oro,恰恰正是西撒哈拉南部地区名,大致位于北纬 21º 20' — 26º 。西班牙政府将西撒分为两个区块,北部为 Seguia el-Hamra,南部为 Río de Oro,后者以西斯内罗斯城为首要都市。待西班牙结束殖民统治,摩洛哥将南部区改名为 Dakhla-Oued Ed-Dahab(达赫拉 – 韦德·达哈卜)。

"金河"这个美丽名字的背后,其实隐含着强烈的殖民与探险意涵。

一四三五年,葡萄牙王子派遣探险队前往西非寻找传说中的"金河",最后抵达了达赫拉半岛旁的一个海湾,虽然周围并未发现黄金,仍认为那就是"金河",便以葡萄牙语 Rio do Ouro 一名指称海湾与周围区域。十九世纪晚期,西班牙正式占领该地,顺理成章沿用,将此地改用西班牙语命名为 Río de Oro。

当地撒拉威人则有另一个故事版本,认为西语 Río de Oro 一词源自阿语 Oued Ed-Dahab,阿语的意思是"金河"。在跨撒哈拉贸易时代,这里是骆驼商队将南部黄金运往北非时必定行经的路线,因此得名,自古就如此称呼。

今日的撒拉威年轻人则告诉我,该区确实出产黄金,现今也仍然有居民在荒野中非法开采金矿。

无论如何,这块美其名为"金河"的殖民地事实上资源稀薄,除了椰枣、磷酸盐与渔获,其余皆无法获利,让西班牙殖民政府亏损连连。

另一方面,"金河大道"现在已经改名为 Boulevard Mohamed AI Khallouqi,三毛故居是四十四号。

三毛住所的文化意涵

"金河大道"的屋舍室内,"地是水泥地,糊得高低不平,墙是空心砖原来的深灰色,上面没有再涂石灰,砖块接缝地方的干水泥就赤裸裸地挂在那儿"。厨房浴室外的石阶通往公用天台。房子中间有一个四方形大洞,由于"沙漠里的房子,在屋顶中间总是空一块不做顶",不仅灰沙时常从大洞里落入屋内,邻居孩子更跑来观看两人生活作息，然而房东拒绝加盖屋顶，最后荷西花了三个周日，"铺好了一片黄色毛玻璃的屋顶，光线可以照进来，美丽清洁极了。我将苦心拉拔大的九棵盆景放在新的屋顶下，一片新绿"。无奈很快被邻居的羊踩破，羊还掉进屋里。

不久，荷西架起白色半透明塑料板的屋顶，"做了一道半人高的墙，将邻居们的天台隔开。这个墙不只是为了防羊，也是为了防邻居的女孩子们，因为她们常常在天台上将我晒着的内衣裤拿走，她们不是偷，因为用了几天又会丢回在天台上，算作风吹落的"。可是半年之内，山羊还是掉下来四次，一再上演"飞羊落井"的奇观。（详见《芳邻》）

中间那扇门即三毛故居。门口有不知名粉丝写上三毛名字与生卒年

天窗与天井

三毛文中"在屋顶中间总是空一块不做顶"的建筑特色让人既好奇又不解,但这种类似天窗、天井甚或中庭的设计,今日依然普遍存在于北非。

非洲终年阳光炽盛且少雨,一到夏季,沙漠地带尤其干燥、酷热,饱受沙尘暴之苦,是而发展出适应当地自然条件的建筑形式,最具代表性的当属土夯古堡"卡斯巴"(kasbah),甚至形成结构完整的城郭、村寨,称为"克撒尔"(ksar)。

摩洛哥知名景点艾本哈杜(Ait Ben Haddou)即此思维与现实考量下的建筑产物,完美呼应北非自然条件,以厚重土墙与窄小窗户阻挡烈日与风沙的入侵。由于少雨,屋顶往往设计成平整且具有多重功能的天台;若于屋顶上开凿洞口,则成天窗,让阳光自然洒入室内,不仅补足室内照明的不足,亦利于通风。

大型建物如土夯古堡"卡斯巴"往往设有天井,古城里的富豪宅院"里亚德"(riad)则有安达卢西亚式中庭。天井与中庭的原理与天窗相同,不仅可阻挡阳光、狂风与高温,也有利于自然采光与空气流通,即便身处古堡或富豪宅院的二楼回廊,都能感受到日光的温柔明亮。

到了现代,新式屋舍虽然改以水泥砖块建造,仍然采用天窗与天井等设计,这也是为什么三毛建议用石棉瓦做屋顶时,荷西反对,"这房子只有朝街的一扇窗子,用石棉瓦光线完全被挡住了",显然屋顶这个大洞具有天井的采光与通风功能。

卡斯巴天窗(屋内视角)。此为旧时卡斯巴里的清真寺附设的洗净室

卡斯巴天窗外部(天台视角)

卡斯巴天井(屋内视角),旧时富豪住所的天井上方以木头装饰

卡斯巴内部二楼回廊,天井采光效果极佳

卡斯巴内部的天井,采光效果远胜人工照明

天台：女性独享空间与空中步道

三毛邻居可在"公用天台"上自由往来，拿取两人放在天台上的木材与衣物；邻居饲养的羊只跑来吃她照顾的植物，甚至掉入屋里；小孩子从天窗窥视两人日常生活……

特殊的"公共天台"普遍存在于北非传统建筑里，更含藏了特殊的性别空间意涵。

首先，如前所言，非洲雨量稀少，屋舍多半为平顶，而这屋顶上的天台具有多重功能：除了可供曝晒谷类或寝具，到了夏季，日夜温差大，白昼高温难耐，待夜幕落下，屋舍砖瓦开始释放白天储存的热气，户外反而凉爽，居民往往带着寝具，全家睡在天台上。夜宿星空今日在撒哈拉仍常见。

摩洛哥各大古城老区即可见家家户户天台相连，顶多以矮墙隔开各自空间，例如美丽的古城穆莱·伊里斯·泽尔霍恩(Moulay Driss Zerhoun)。整座圣城以伊里斯一世(Driss I)的陵寝为中心，沿着小山丘一路建构，周围民宅的天台相互接连。已成热门景点的摩洛哥北部里夫山区蓝白山城萧安(Chefchaouen)亦具有相同特色。

再者，当地传统社会的人我界线并不明显，个人主义薄弱，极度重视家族与邻里间的人际关系，资源共享是常态，显示在空间上，家家户户的天台连接自然成了公共地带。

二〇一一年我在拉巴特人权组织工作时住在乌达亚(Oudaya)旧城区，住处结构即数百年前的土夯古堡"卡斯巴"。

当时不仅独享一个宽阔天台，甚至可以轻易跨过低矮围墙前往邻居的天台。那时认识的十五岁少女对我说，有时她晚上想去女伴家玩耍，妈妈不答应，就会偷偷从天台"外出"，沿路跑过好几户邻居家的天台，邻居见怪不怪。有时她在女伴家过夜，天亮才从天台跑回家，父母也完全不知情。

另一方面，天台关乎性别与空间。

传统沙漠社会里，好人家的女孩不出家门，有些地区的女性甚至不得单独出门，必须由家族男性成员或孩童陪同，且须遮住头发、面容与全身。男性交流与活动空间不限自家屋舍，大可前往咖啡馆，女性却无法，也让屋顶上的天台成了女性聚会甚至是独享的空间。上天台透透气能够暂时摆脱家务的繁忙，聚会尤其方便，邻里女性带着小孩，无须行走街道，直接从自家天台走过去，就可以在这不受干扰的安全空间里喝茶、聊天。

当然，所谓"公用天台"依然有私人界线，但并不明显。

今日的摩洛哥新式建筑依然保有天台特性，南部有些城市的独栋建筑由于屋主是来自撒哈拉的游牧民族，即使已经搬入城市定居，还是保有养羊的传统，会在天台搭建羊棚。

空心砖与未完工的家

三毛刚住进金河大道的家时，屋舍似乎尚未完工，水泥地面高低不平，并未铺上地砖，墙面是深灰色的空心砖，夜间愈发

卡斯巴天台相当平整，不同屋舍的天台仅以矮墙隔开

伊夫尼的西班牙殖民时期民宅依旧保有平整且可互通的传统天台特色

伊夫尼的西班牙殖民时期民宅，天台正中央像一口井的即为天井，直通一楼，利于采光与通风

整座圣城围绕着伊里斯一世的陵寝建造，唯一绿色尖屋顶的是清真寺，其余民宅皆为平整天台且可互通

蓝白山城萧安的天台同样平整、多功能且可互通，与沙漠并无二致

显得阴寒，但因墙面并未涂上石灰，无法粉刷，偏偏房东拒绝糊墙，最后是荷西"去镇上买了石灰、水泥，再去借了梯子、工具，自己动起手来"，最后这个家终于"里里外外粉刷成洁白的，在坟场区内可真是鹤立鸡群，没有编门牌也不必去市政府申请了"。（详见《白手成家》）

空心砖在摩洛哥相当普遍，是用水泥、沙子与水制成的混凝土砖块，中空且呈灰色，便于砌墙，今日仍然广泛使用。

偏远乡间与沙漠地带的居民多半收入不佳，建造屋舍所需资金极高，一般常见情形是在家族经济较宽裕时投入余钱大兴土木，一旦缺乏资金，随时停工。等到屋舍稍具雏形，即便尚未粉刷或铺地砖，往往便举家住了进去，之后再慢慢完善这个家。

"墙是空心砖原来的深灰色，上面没有再涂石灰，砖块接缝地方的干水泥就赤裸裸地挂在那儿。"

三毛生活时的西班牙区

七十年代的阿尤恩市容

三毛在《白手成家》里巨细靡遗描述了阿尤恩的生活场景，留下不少线索，举凡教堂、邮局、法院、坟场、国家旅馆与市政府等，皆可在现存建物里找到痕迹，让我们几乎可以重建他俩当年的主要活动范围。

故事从她下飞机，提着行李，跟荷西走出机场开始，"走了快四十分钟，我们转进一个斜坡，到了一条硬路上，这才看见了炊烟和人家"。荷西解释那是"阿雍城的周边"，路旁"搭着几十个千疮百孔的大帐篷，也有铁皮做的小屋，沙地里有少数几只单峰骆驼和成群的山羊"。两人终于走进一条长街，"街旁有零落的空心砖的四方房子散落在夕阳下"，最后一栋有着长圆形拱门的小房子，就是荷西为她准备的家。"这个家的正对面，是一大片垃圾场，再前方是一片波浪似的沙谷，再远就是广大的天空"。至于家的后面"是一个高坡,没有沙,有大块的硬石头和硬土"。往热闹镇上走,"有人家,有沙地,有坟场,有汽油站,走到天快全暗下来了,镇上的灯光才看到了",举凡银行、市政府、法院、邮局、商店、荷西公司的总办公室、公司高级职员宿舍、酒店与电影院,全在那儿。另外还有"公寓是高级职员的宿舍,白房子是总督的家,当然有花园,你听见的音乐来自军官俱乐部",以及如回教皇宫城堡般的四星级国家旅馆。

这段文字已大略描述了从机场走到阿尤恩经济与政治核心区的建筑与地貌,让人清楚感受到都市规划与种族隔离政策形成的某种空间切割,比如外围穷困帐篷区与铁皮屋,以及拥有花园、传来音乐的西班牙高级官员进驻的政经核心地段,如何同时坐落在地势高低起伏,硬石、硬土与沙地沙丘交错的地质上。

离三毛故居几步路之遥确实有一座穆斯林坟场,现今已用围墙围起来

西班牙殖民时期的黑白老照片显示，当时撒拉威人可说是将传统居住方式带到了阿尤恩这个现代新兴殖民城市。游牧帐篷、圈养的骆驼与简陋小屋搭建在城镇外围的沙地上，人与骆驼、羊群混居，以铁皮、木条与土块搭建的小屋歪斜破败，活似贫民窟。

　　另一方面，西班牙人居住的区域既现代又洁净，重要的行政机构与商业区皆围绕着总督府与教堂一带衍生，多数建筑今日也依然留存。

　　三毛与荷西结婚的西班牙教堂可谓核心区域的精华地段，教堂前有着宽阔广场与笔直马路，不远处即三毛文中的总督府、市议会与西班牙广场，西班牙圆顶建筑(leqbibat)沿着教堂前的马路兴建，优雅、美丽、大气。

阿尤恩唯一的西班牙教堂St. Francis of Assisi Cathedral

旧时医院在教堂左侧，占地颇大，建筑风格新颖现代，方形与圆拱形建物完美交错，相当雅致。作为当时阿尤恩唯一一家医院且由西班牙政府开办，这里也是三毛曾经紧急就医(详见《死果》)、学生法蒂玛生下小男婴并成为"附近第一个去医院生产的女人"的地方(详见《悬壶济世》)，同时也是沙伊达工作的医院(详见《哭泣的骆驼》)。可惜的是医院早已被拆除，与教堂前的广场改建成公园。

旧时总督府官邸照片虽为黑白，不排除建筑本身就是白色，前院有着高大树木，让人可以想象三毛与荷西如何"爬进了总督家的矮墙，用四只手拼命挖他的花"(详见《白手成家》)，最后被巡逻的卫兵发现，两人紧张地拥吻，假装谈情说爱，这才逃过一劫。

从旧时地图与老照片可发现，三毛故居附近的穆斯林坟场在殖民时期已经存在，而她提及的汽油站为 instalaciones de CEPSA，就在坟场附近，该公司成立于一九二九年，是西班牙第一家私营石油公司，总部位于马德里。

除此之外，三毛不时提到的电影院——"这个可怜小镇，电影院只有一家又脏又破的"——可是当地极为少数的娱乐场所之一，足以让驻守沙漠的西班牙小兵盛装前来，而且三毛与荷西结婚前夕就是去这家"五流沙漠电影院"看《希腊左巴》告别单身。

这家电影院确实存在，名为"沙丘电影院"(cine las Dunas)，于西班牙撤离后关闭至今。从老照片里可以看到，穿着军装的西班牙士兵、身穿短衣短裤的西班牙年轻女性与一身蓝色长袍的撒拉威人行经电影院前，可见电影院当时受欢迎的程度。

至于三毛当年收取包裹、将稿件寄回台湾的邮局，现今已成危楼，不再使用，信箱上却仍以西班牙文写着"correos"（邮件）。

总归来说，三毛口中的"镇上"，举凡总督府、市政、西班牙广场、军官娱乐场（el casino de Oficiales）、教堂、医院、法院、邮局、银行、荷西工作的公司总办公室等，全在旧时西班牙区的核心地带，该区亦有旧时作为矿产公司员工宿舍的现代公寓，与三毛文中曾提及荷西同事住在单身宿舍（详见《素人渔夫》），以及"公寓是高级职员的宿舍"（详见《白手成家》）等细节相当吻合。

另外，西班牙区还有市集，由数十间方形独立建筑共同串连，贩售日常用品，满足西班牙侨民生活所需。市集附近则是当时社经条件较优的西班牙人住所，不时可见两层楼以上的建筑物。西班牙撤离后，市集与商家改由撒拉威人接手并持续经营，一家家独立小铺卖的依然是生活用品。相对于一九七五年后摩洛哥政府大力扶持的新市区，西班牙市集显得老旧破败，生活步调悠闲缓慢。

大体上，西班牙政府远从西班牙本土进口建材来打造军事与殖民城市阿尤恩，建筑新颖坚固，而西班牙撤离以后，教堂依

三毛当年将稿件寄回台湾的邮局已成危楼

西班牙市集为数十间方形独立建筑，相对老旧，以贩售生活用品为主

然为教堂，总督府等行政机构则由摩洛哥政府接管，今日仍然担负着行政中心等任务。

阿尤恩年轻人向我透露，旧时西班牙高级宿舍由当时有权有势的撒拉威人接手，军营则改建成民宅，由社经地位较差的撒拉威人居住，有时会分发给一九七五年之后抵达阿尤恩的摩洛哥人。

至于核心区域外围，三毛在《天梯》描述自己去阿尤恩的驾驶学校报名上课、考驾照，"汽车学校的设备就是在镇外荒僻的沙堆里修了几条硬路"，"往离镇很远的交通大队"办公室，另外"考场的笔试和车试都在同一个地方，恰好对面就是沙漠的监狱"。

据判断应该在今日的海军大道(Boulevard de la Marine)与伊本萨乌德大道(Boulevard Ibn Sa Oud)两条路交会处，这一带在西班牙殖民时期离宗教与行政核心区域较远，设有监狱、PT机构中心(Centro institución PT)和政府车库，一间与驾驶及车辆相关的机构(Automovilismo)亦离此地不远。

西班牙区的建筑

圆顶：西班牙殖民时期的建筑特色

作为西班牙在非洲殖民地首度进行城市规划的聚落，阿尤恩以对齐的东西线来规划整体发展，最初的城市结构核心则是西班牙式建筑。这些建筑具有卓越完美的实验性，建筑风格既追求与自然共生，又希望能够重新诠释社会文化。

阿尤恩的西班牙建筑风格以圆顶著称，阿语为القبيبات，由具有军官身份的建筑师阿卢斯坦特（Alonso Allustante）设计。

鉴于沙漠气候干热，深受阳光曝晒与沙尘暴之苦，阿卢斯坦特从沙漠帐篷汲取灵感，试图与阳光和谐共处，创造适当阴影，降低人类活动空间的温度。建筑形状有半球形、半圆柱形及立方体加上半球形等，利用生物气候原理，透过半球形圆顶屋面与有限的窗户自然调节室内温度，圆形屋顶则可防止沙尘

西班牙殖民时期圆顶建筑

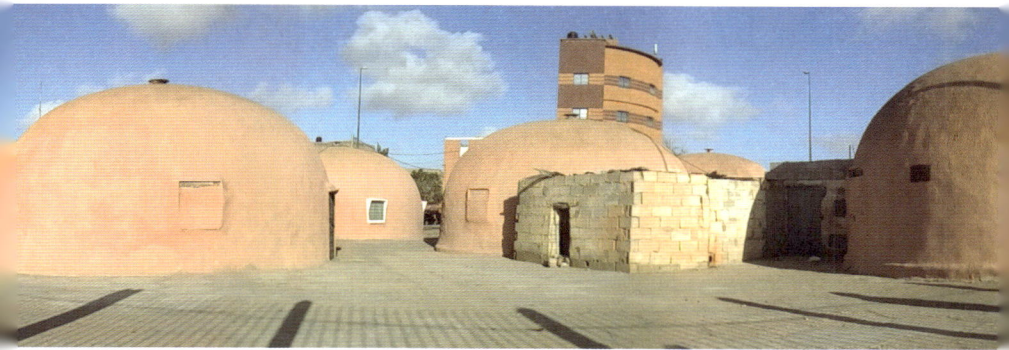

圆顶建筑内部空间不大，偶有居民在外围增建水泥建物

暴来袭时沙子堆积在屋顶与角落。最具标志性的建筑是教堂与国家旅馆。

另外，撒拉威人的住所被设计成介于欧式与游牧帐篷之间的过渡，十二顶帐篷式住所通向一座中央庭院，形成一个街区，好让居民可和牲畜同住。

西班牙撤离后，多数圆顶建筑完整保存了下来，入住者多为中下阶层的撒拉威人，不少圆顶建筑原先为军营，尔后改建成民宅，内部空间不大，偶有居民在圆顶建筑外加盖方形建物。

圆顶建筑可说是充满西班牙殖民色彩的文化遗产，今日更成为阿尤恩吸引西班牙游客前来的一大观光卖点。

国家旅馆的特殊性

三毛笔下有个"高级场所"名为"国家旅馆"，那是一个宛若"回教皇宫城堡"的存在，"四颗星的，给政府要人来住的"。她和荷西上那儿参加一场酒会，得拿出许久不穿的黑色晚礼服，搭配"几件平日不用的稍微贵些的项链"与纹皮高跟鞋，慎重程度，可想而知。

她如此描述："国家旅馆是西班牙官方办的，餐厅布置得好似阿拉伯的皇宫，很有地方色彩，灯光很柔和，吃饭的人一向不太多，这儿的空气新鲜，没有尘土味，刀叉擦得雪亮，桌布烫得笔挺，若有若无的音乐像溪水似的流泻着。我坐在里面，常常忘了自己是在沙漠，好似又回到了从前的那些好日子里一样。

一会儿，菜来了，美丽的大银盘子里，用碧绿的生菜衬着一大排炸明虾，杯子里是深红色的葡萄酒。"字里行间，无不是国家旅馆的气派辉煌，西式料理能够出现在沙漠荒芜地，宛若奇迹一般，无比奢华。（详见《素人渔夫》）

不仅如此，入住国家旅馆的也不是普通百姓，除了政府要人："沙漠为了摩洛哥和茅里塔尼亚要瓜分西属撒哈拉时，此地成了风云地带，各国的记者都带了大批摄影装备来了。他们都住在国家旅馆……"就连通讯社派来的记者要请三毛和荷西吃饭，国家旅馆都是不二之选。

现实里的"国家旅馆"确实大有来头，西语旧名 Parador Nacional，三毛意译成"国家旅馆"，是由西班牙国家经营的连

三毛与荷西曾经用餐的国家旅馆

国家旅馆内部回廊为伊斯兰风格

锁饭店，也是西班牙政府观光旅馆(Parador de Turismo)计划的一部分。

在西班牙国王阿方索十三世主持下，西班牙观光旅馆(Paradores de Turismo de España)创立于一九二八年，将城堡、堡垒、修道院与历史建筑改建成一系列豪华旅馆，促进西班牙旅游业发展。第一家在一九二六年创立于格雷多山脉(Sierra de Gredos)，整体计划于六十年代迅速扩大。

阿尤恩的国家旅馆于一九六八年开幕，是该计划第七十九家旅馆，地点是当时阿尤恩已开发地区的边缘，离西班牙广场和政府官邸皆不远。旅馆位于山坡，居高临下，可瞭望旧城区与远方河流，建筑采安达卢西亚风格，初期有二十间双人房、餐厅、沙龙、酒吧、天台等，以及一座安达卢西亚花园。

落成典礼时，新闻及旅游部长伊里巴内(Manuel Fraga Iribarne)亲自从大加那利岛的拉斯帕尔马斯搭机抵达司马拉，并在当地重要人士陪同下前往参加。

国家旅馆既诞生于西班牙国家观光政策摇篮中，尔后自然成了各种政治意涵展演的空间。

正因为具有接待国际媒体与联合国专员的特殊性，国家旅馆前的广场上后来发生了一场史无前例的"起义"(intifada)。

一九七五年十一月六日开始绿色行军，之后摩洛哥控制西撒。一九七六年二月二十七日，最后一名西班牙士兵离开撒哈拉，当时谣传联合国代表团与国际媒体已下榻国家旅馆，数百名撒哈拉妇女于是率先集结在旅馆前示威抗议，男性抗议者随后加入，共同谴责自摩洛哥入侵以来所发生的悲惨事件与无辜伤亡，包括失踪、酷刑、镇压、大肆逮捕抗议者与种种迫害。

当晚，示威者全部被捕，夜间拘留规模之大，几乎牵连了全城近一半人口，西班牙人撤走后的区域全部塞满了被捕者，一场惊人可怕的镇压浪潮席卷全城。尔后，被拘捕的示威者多半获得释放，摩洛哥官方对外表示，这不过是波利萨里奥阵线（Frente Polisario）首次成功动员支持者所造成的一场混乱。

一九七五年，西班牙撤离西撒，阿尤恩的国家旅馆大门深锁，几个月后，摩洛哥人接手，重新开张至今，改名帕拉多尔旅馆（Hotel Parador）。

今日，这间保有旧时建筑结构的旅馆依然拥有"城堡似的围墙"，依然接待政府官员、各界重要人士、国际媒体人与联合国专员，虽然相较于新式现代建筑，旅馆设备与装潢略显老旧，经营状况大不如前，但因历史地位特殊，摩洛哥前国王哈桑二世（Hassan II）与现任国王穆罕默德六世（Mohammed VI）前来阿尤恩，仍然下榻于此。

此时旅馆外的围墙上高高挂着哈桑二世、穆罕默德六世及王储穆莱·哈桑的画像，背景中央是哈桑二世一九八五年建造的梅楚瓦广场（Place de Méchouar）高塔，摩洛哥皇家军机飞越绿洲、河流、沙丘与游牧帐篷，画面左侧是骑在骆驼上，高举摩洛哥国旗的撒拉威战士，宣示摩洛哥对西撒主权的意涵不言而喻。

与史实诸多吻合的《沙巴军曹》

阿尤恩的建城具有重要的军事及殖民作用，城内军营与驻军极多，三毛时常提到军人与军团的存在：与荷西驾车前往沙漠途中，检查站有哨兵守卫(详见《荒山之夜》)；紧急送医时，车子开下坡却撞上沙堆，军车驾驶兵立即前来救援(详见《死果》)；总督家门口有卫兵荷枪站岗(详见《白手成家》)；周日黄昏的市政府广场上有外籍兵团的交响乐团演奏(详见《白手成家》)；在沙漠里遇着盛装前往小镇只为了看场电影的西班牙游骑兵种小兵(详见《搭车客》)，更不用说她常常去采购蔬菜、饮水甚至是盒装牛奶的军营福利社。处处可见阿尤恩之为军事城镇的特殊性。

而在所有作品中，与军人最直接相关的，当属《沙巴军曹》。

三毛将驻扎西撒的军人称为"外籍军团"(Tercio de Extran-jeros) 或"沙漠军团"(Legión en Sahara)，以后者更为常用。她如此描述："这里驻着的兵种很多，我独爱外籍兵团(也就是我以前说的沙漠兵团）。"（详见《白手成家》）对荷西来说，"沙漠军团是最机警的兵团"，其剽悍勇猛与卓越作战功力可想而知。

《沙巴军曹》提到了十六年前一起发生在魅赛也绿洲的惨案。

魅赛也拥有丰沛清甜水源，撒拉威人将骆驼羊群赶来放牧、扎营，尔后西班牙的沙漠军团也来了，双方时常为了争夺水源而起冲突，"后来，一大群沙哈拉威人偷袭了营房，把沙漠军团全营的人，一夜之间在睡梦里杀光了。统统用刀杀光了"。只有沙巴军曹因酒醉而幸存，从此恨透撒拉威人，三毛在他翻起袖子的手臂上看到刺青，深蓝色的俗气情人鸡心下刺了一排字——"奥地利的唐璜"。

一九七五年，西撒政治情势愈形诡谲危险，有天，三毛经过沙漠军团的公墓，"公墓的铁门已经开了，第一排的石板坟都已挖出来，很多沙漠军团的士兵正把一个个死去的兄弟搬出来，再放到新的棺木里去。我看见那个情形，就一下明白了，西班牙政府久久不肯宣布的决定，沙漠军团是活着活在沙漠，死着埋在沙漠的一个兵种，现在他们将他们的死人都挖了起来要一同带走，那么西班牙终究是要放弃这片土地了啊！"

故事结局是撒拉威小孩捡到一个插有一面游击队小布旗的盒子，军曹发现事有蹊跷，警觉地要赶走小孩，怎知其中一个小孩拔起了旗子，军曹为了保护小孩，奋不顾身地扑上去，被炸成了碎片，小孩只伤了两个。

隔天，军曹尸体"被放入棺木中，静静地葬在已经挖空了的公墓里,他的兄弟们早已离开了,在别的土地上安睡了,而他,没有赶得上他们,却静静地被埋葬在撒哈拉的土地上,这一片他又爱而又恨的土地做了他永久的故乡"。该军曹的墓碑很简单,上面刻着:"沙巴·桑却士·多雷,一九三二——一九七五。"

军曹人名难以考证追查,故事看似悲伤沉痛、荒谬且不可思议,但当中有许多细节却奇妙地与史实吻合。

魅赛也在哪里?

在西撒当地咨询几位耆老之后,我们好不容易找到了一处隐秘的小型绿洲,古名为 Messayé,与《沙巴军曹》里的"魅赛也"同名,距离阿尤恩约二十五公里。这里所有的景致与三毛的文字描述高度吻合:位于宽阔干枯的河床上,两岸如大峡谷似的断岩,河床中间有几棵椰枣树(三毛文中写椰子树,但此地所见实物为椰枣树,或称棕榈树,树干笔直高大,树叶生长在顶端,伞状般地散开。椰枣树与椰子树颇为形似)与不断冒着美好淡水的泉水,附近并无建物且早无人居,渐为人淡忘,就连"魅赛也"这古老的名字也仅仅存在于耆老的记忆中。现在偶尔会有阿尤恩居民来这个小绿洲散心、野餐,河谷一处空地正逐渐开发成农田,高处设有储水槽收集雨水与井水等,以此取得灌溉水源。

一座隐藏在沙漠隐秘处的小绿洲，古地名"魅赛也"，地形、水源与植被都相当符合三毛的描述，现已无人居

"外籍军团"是真是假？

"外籍军团"与"沙漠军团"不仅确实存在，而且依旧存在。

现代西班牙军团(Legión Española)原名正是"外籍军团"，成立于一九二〇年九月二十日。

十六世纪的西班牙曾是地球上最强大的殖民帝国，但到了十九世纪上半叶，拉丁美洲独立运动风起云涌，西班牙殖民地所剩无几，进入二十世纪初，就连仅存的非洲殖民地摩洛哥也面临北部里夫区柏柏尔人的反抗。

为了保住海外市场与原料产地，西班牙于一九二〇年成立精锐部队与雇佣兵军团，并让外籍志愿者入伍，称为"外籍军团"，不过实际上只有四分之一是外国人，和法国的外籍军团性质不同。

受过严谨专业军事训练的外籍军团作风剽悍凶狠，承担最艰巨的危险任务且待遇优渥，不仅让西班牙顺利弭平里夫叛乱，进而参与西班牙内战。

一九二三年，佛朗哥担任外籍军团指挥官，三年后便因军功卓越而升任将军。一九三六年，左翼政府解除了佛朗哥的职务，把他调派到偏远的加那利群岛，但他一远离左翼政府的监控就搭机前往外籍军团在摩洛哥的营地。一九三六年至一九三九年的西班牙内战期间，希特勒与墨索里尼用德国运输机把外籍军团从非洲运送到西班牙本土——这是西班牙内战中最重要的外国干预之一——在这支精锐部队支持下，佛朗哥打赢了内战。

一九三九年西班牙内战结束，佛朗哥大权在握，外籍军团虽落得"佛朗哥豢养的野兽"恶名，仍然备受信任与厚爱，撤回北非殖民地驻防，直到一九七六年殖民统治结束才撤离西撒。

由此可知，"外籍军团"并非三毛凭空捏造。由于外籍军团是为了弭平摩洛哥北部里夫区柏柏尔人叛乱而招募的，尔后又派驻西撒，因此也称"非洲军团"或"沙漠军团"。

另外，三毛文中"奥地利的唐璜"同样真实存在，原名 le Tercio Don Juan de Austria 3e de la Légion，是外籍军团的一支，又称"第三军团"。第三军团创建于一九三九年十二月二十一日，原本驻守摩洛哥北部城市拉腊什（Larache），一九五八年八月随西撒政局渐趋平静而改组并增加配备,移驻撒哈拉的阿尤恩等地,营区分散各地,在沙漠地形中接受严格的军事训练,甚至镇压一场又一场反殖民运动。一九七〇年巴希尔(Mohammed Bassiri)号召的和平示威即由第三军团镇压,造成诸多平民死伤。

一九七五年,摩洛哥发动绿色行军,佛朗哥也于同年病逝。

一九七六年,西班牙撤离西撒,仍保有休达(Ceuta)和梅利利亚(Melilla)这两个北部飞地,持续由外籍兵团驻防。

一九八二年,西班牙加入北约,外籍兵团更名"西班牙兵团",但西班牙人仍习惯称它为外籍兵团。

另一方面,"奥地利的唐璜"第三军团移师加那利群岛的富埃特文图拉岛(Fuerteventura)。部分士兵因适应不良,产生沮丧等创伤性情绪反应,竟加入该岛许多犯罪活动;一九七九年八月和一九八二年六月都发生逃兵劫持飞机事件,在造成三名游客丧命后,有了解散军团的呼吁。

现今的西班牙军团仍有一支"第三军团",不过是一九九五年由其他军团改组而成,是一支长年派驻海外的先锋部队。

此外,阿尤恩耆老证实,过去确实曾有西班牙墓园,西班牙撤离时也的确把墓园里的尸体带走了,相关记录从当时住在阿尤恩的西班牙人文字中亦可找到(参见José Carlos Rojo, "El último día del Sahara español, by José Carlos Rojo". 2016)。

伊夫尼战役：暗夜屠杀的反殖民远因

三毛提及的绿洲魅赛也惨案虽不见于史料中，却与当时反殖民时代氛围有着惊人呼应。

一九五六年，摩洛哥独立，西班牙同意自摩洛哥北部撤军，但保有西撒哈拉等领地，并持续由外籍兵团驻守当地。

摩洛哥向来将西撒视为不可分割的领土，独立后，更积极以各种方式试图夺回西撒，其中包括军事行动。

一九五六年，摩洛哥积极招募撒拉威人加入摩洛哥国家解放军(Armée de libération nationale，一九五五至一九五八，简称ALN)，试图驱逐西班牙殖民者。

伊夫尼旧时西班牙军营为典型的圆顶建筑，占地辽阔，现已成废墟

一九五七年四月，摩洛哥国家解放军包围伊夫尼，正式开启战端。六月，佛朗哥将军派出精英部队驻守阿尤恩。此后接连发生了一系列武装冲突，双方各有死伤，直到关键的德希拉之战（Bataille de Dcheira）。

一九五八年一月十二日，摩洛哥国家解放军袭击驻扎阿尤恩的西班牙军团，被击退后，旋即于十三日在德希拉进行军事报复，与西班牙军队发生激烈枪战。摩洛哥擅长以沙丘做掩护，且人数众多，西班牙军团浴血奋战，虽然终于成功让摩洛哥撤退，却几乎整团遭到歼灭。

法国不愿反殖民势力壮大，于二月加入西班牙阵营，两国合组联军。在法国精锐军团协助下，西班牙取得关键性胜利。

四月，西班牙和摩洛哥签订协议，摩洛哥获得塔尔法亚一带但不包括伊夫尼，西班牙则保有西撒。

这一系列于一九五七年至一九五八年发生在西班牙与摩洛哥之间的军事冲突被称为"伊夫尼战争"，又称"被遗忘的战争"，被视作二十世纪五六十年代横扫非洲的去殖民化运动之一。其中关键性的德希拉之战让摩洛哥最终拿下塔尔法亚，朝"国家领土完整"迈进，被视为光荣战役。西班牙虽然打赢并保有西撒，但在当时全球反殖民的时代氛围下，也遭受来自联合国愈来愈大的压力。

三毛文中的魅赛也惨案，恰与伊夫尼战役有着时间上与地点上的惊人巧合。

《沙巴军曹》作于一九七五年，魅赛也惨案发生于十六年前，也就是一九五九年，那时第三军团已经驻守撒哈拉，并在阿尤恩军营值勤、受训。

当地古名为魅赛也的小绿洲，恰巧就在德希拉不远处。

一九五九年的阿尤恩，即使已因摩洛哥和西班牙签订协议而状似平静，民间却极可能波涛汹涌，人心思变。毕竟那是个非洲反殖民意识愈形高涨的年代，撒拉威人对西班牙殖民者怀有极深敌意，和平共处并未真正到来。

《沙巴军曹》里的老人口述，双方是因争夺水源而起杀意，然而，若将战争带来的血腥杀戮、对当地人的冲击与种种残害放入当时的政治与文史脉络来思考，再加上游牧民族四处迁徙等特性，水源争夺很可能只是表面因素，抑或老人不愿对三毛详谈。

我曾在伊夫尼访问一位年过六十的长者，他家族原本在阿尤恩一带游牧，四十年代时由于父亲为西班牙警方工作而举家迁往伊夫尼。后来伊夫尼战争爆发，他父亲左右为难，一边是亲族撒拉威战士，另一边却是自己的顶头上司西班牙政府，虽然他父亲拒绝做任何会伤害撒拉威人的行为，在亲族眼中却已是"叛徒"，多年后依然摆脱不掉这个标签。

若在伊夫尼的撒拉威人都如此敌视为西班牙政府工作的族人，更不用说德希拉一带的撒拉威人是多么仇视西班牙外籍军团了。

形塑历史的经济资产：磷酸盐矿

　　三毛与荷西前来的七十年代，正是西撒政权更迭的关键时刻，荷西工作的磷酸盐矿场更早已是列强觊觎西撒的资产之一。

　　磷酸盐矿(phosphate)可说是形塑整个西撒近代史最重要的经济资产，除了让西班牙殖民政府更加积极投资西撒，也造就了阿尤恩现今的面貌与重要地位；而若非荷西找到磷矿场的工作，便不可能让三毛如愿前来撒哈拉，写出深深影响华文世界的作品。

　　法国早在二十世纪初就已从突尼斯和阿尔及利亚开采出磷酸盐，源源不断地输送至地中海对岸。法国地质学家同样在摩洛哥勘测到磷酸盐矿，但未受重视，直到一九二〇年法国驻摩洛哥总司令利奥泰(Hubert Lyautey)下令建立谢里夫磷酸盐办事处(Office Chérifien des Phosphates，简称OCP)才开始大规模开采。此一模式拒绝西方企业的私有化制度，力主将磷酸盐资源交由摩洛哥国家层面统一开发管理，沿袭至今。

一九四七年，布嘎蕴藏的磷酸盐矿脉被探勘了出来；一九六〇年代，正式开采；一九七三年，开始出口，荷西与三毛也在这一年前来。

　　一九六二年，西班牙成立国营企业"福斯布嘎"（Fos Bucraa），通过世上最长、约一百零二公里的输送带，将磷酸盐从布嘎直接运往离阿尤恩二十五公里的埃尔马萨（El Marsa）港，简单处理后再以船只运出。

　　三毛关于荷西工作的磷矿场文字虽不多，却与事实惊人吻合。

　　《白手成家》里写道："坐在公司的吉普车上，我们从爆矿的矿场一路跟着输送带。开了一百多里，直到磷矿出口装船的海上长堤，那儿就是荷西工作的地方。"在《搭车客》里，三毛开车去接荷西下夜班，但荷西临时加班，隔天清早才能回家，因为"一条船卡住了，非弄它出来不可，要连夜工作，明天又有三条来装矿砂"。可见荷西工作的地方应该是港口，可供船只停泊，将磷矿运送出海。

　　三毛提及的磷矿场很显然就是布嘎，而荷西工作的西班牙矿场公司就是国营企业"福斯布嘎"，总公司办公室位于阿尤恩市区，与三毛说的完全吻合。至于磷矿出口装船的海上长堤应是埃尔马萨。依据我们在当地多方向耆老求证，西班牙殖民时期埃尔马萨有一座简易港口，很多西班牙人都在那里工作，将磷矿装载出口。直到今日，磷矿处理厂仍然集中在那一带，但已兴建现代化港口，可停泊渔船与货船，进出受到管制。

一九七六年二月，西班牙依约撤离西撒，不过仍保有布嘎磷酸盐矿开采权，摩洛哥磷酸盐公司OCP集团则收购"福斯布嘎"百分之六十五所有权，部分西班牙员工留守矿场。荷西抵达加那利群岛后，因为失业，不得不再回矿场工作，由于当时的西撒局势相当混乱，三毛留在加那利群岛，荷西假日才飞回来，所以"荷西每一趟回家，对她就像过一个重大的节日"。(详见《荷西，荷西》，收录于《雨季不再来》；《这样的人生》，收录于《稻草人手记》)

三毛写到，随着西撒武装冲突加剧，磷矿公司让职员自行决定去留，到后来，"游击队已经用迫击炮在打沙漠的磷矿工地了"，百分之八十的西班牙同事都辞职不干，荷西最后也辞去了工作。(详见《士为知己者死》，收录于《稻草人手记》)

从目前的公开资料会发现，三毛所述与事实相当吻合。

由于政治骚扰不断，游击队波利萨里奥阵线不时轰炸输送带，时有矿场员工受伤甚至死亡，"福斯布嘎"不得不于一九七六年停止开采，蒙受重大损失。直到摩洛哥兴筑"沙墙"(Le mur des Sables)，巩固对该地区的掌控，才终于得以在一九八二年七月重启采矿工程，但规模大幅缩小。

二〇〇二年后，摩洛哥OCP集团已成"福斯布嘎"唯一所有者。

绿色行军前的虚虚实实

幅员辽阔的西撒至今仍有主权争议,却是撒拉威人的原乡。历史上,撒拉威部族一度效忠摩洛哥王朝,却非现代意义下的国家领土。一八八四年,西撒进入西班牙殖民时期,二战后亚洲与非洲殖民地纷纷争取独立,西撒主权问题也逐渐浮上台面。

三毛与荷西抵达西撒的时间恰巧落在一个极为关键的历史转折点,也就是一九七五年绿色行军前两年。

三毛曾说:"我的作品几乎全是传记文学式的。不真实的事情,我写不来……"

就史料与田野调查结果判断,三毛文字泰半符合西撒风俗、历史与自然景观,《哭泣的骆驼》与《沙巴军曹》则可说是从"外国平民百姓"的角度去理解非洲反殖民浪潮下的一系列政治与武装冲突。

不过,三毛的著作并非严格意义的纪实文学,而是"有所本"的文学创作,少数人物应是杜撰与想象,触及敏感的西撒主权转移、撒拉威游击队与绿色行军时，尤其明显。三毛巧妙拟塑人物，铺排剧情，以优雅细腻的文字呈现一个混乱动荡时代的关键转变。

关于她抵达和离开西撒的确切日期，坊间说法不一。据现有资料与三毛文字，我推测她应是在一九七三年前来(在《心爱的》一文："一九七三年我知道要结婚了，很想要一个'布各德特'挂在颈上，如同那些沙漠里成熟的女人一样。很想要，天天在小镇的铺子里探问，可是没有人拿这种东西当土产去卖。")，一九七五年十月三十一日离开(见《荷西，荷西》一文："她纤瘦秀丽的外形，使人无法揣想真是《撒哈拉的故事》里的那个三毛。虽然在沙漠时，也闹着小毛小病。打去年十月三十一日，因为时局的关系，她被逼着离开沙漠，有十五天她没有荷西的消息。")。换言之，三毛赶在十一月六日绿色行军前仓皇离开，并未目睹这场重大历史事件。

非洲去殖民化的时代氛围

各国暗自角力的一九七五年，正是三毛与荷西身在西撒的年代。

五十年代后，非洲争取独立的反殖民力量愈形壮大。随着摩洛哥与毛里塔尼亚纷纷独立，阿尔及利亚为了争取独立建国与法国陷入苦战，联合国亦提醒西班牙正视西撒的去殖民化进程，倾向以民族自决来处理。与此同时，邻近的摩洛哥、毛里塔尼亚与阿尔及利亚无不觊觎着这块大地，撒拉威人的游击队更不时破坏西班牙种种建设，试图争取独立。西班牙承受着愈来愈大的压力。

在三毛笔下，同样感受得到各种政治势力在宁静沙漠生活背后的剑拔弩张，西班牙人与撒拉威人之间微妙的对立关系愈到后期也愈鲜明。七十年代，为了争取独立，撒拉威游击队不时轰炸磷矿输送带，时而有人因地雷而丧生。

西班牙自一八八四年殖民西撒起就对这块荒漠挹注了大量资金，经济成效却始终不佳，几乎只有海岸渔获与绿洲椰枣是稍可利用的资源，直到一九七三年开始外销布嘎磷酸盐矿，利润才真正丰厚起来，再加上先前已针对种种采矿设备与基础建设投入大量资金，自然不愿放弃。

绿色行军之前，各国势力争夺西撒，整体气氛诡谲，冲突不断："这一片被世界遗忘的沙漠突然的复杂起来。北边摩洛哥和南边茅里塔尼亚要瓜分西属撒哈拉，而沙漠自己的部落又组成了游击队流亡在阿尔及利亚，他们要独立，西班牙政府举棋不定，态度暧昧，对这一片已经花了许多心血的属地不知要弃还是要守。"

三毛描述当时镇上的撒拉威人看似全数心向游击队，国际媒体与联合国观察团也来了，然而，"沙是一样的沙，天是一样的天，龙卷风是一样的龙卷风，在与世隔绝的世界的尽头，在这原始得一如天地洪荒的地方，联合国、海牙国际法庭、民族自决

这些陌生的名词，在许多真正生活在此地的人的身上，都只如青烟似的淡薄而不真实罢了"。(详见《哭泣的骆驼》)

真正加入游击队的撒拉威人仅是少数，绝大多数人依然在荒漠深处逐水草而居，维持传统游牧经济，信奉伊斯兰教，生活围绕着家庭与牲畜打转。对他们来说，所有的口号，从"独立""建国""反殖民"到"民族自决"……统统既虚无又缥缈，对于自身命运如何为大国掌控，丝毫无感。

愈逼近改朝换代的时刻，西班牙殖民者与当地撒拉威人的关系愈紧张。"西班牙士兵单独外出就被杀，深水井里被放毒药，小学校车里找出定时炸弹，磷矿公司的输送带被纵火，守夜工人被倒吊死在电线上，镇外的公路上地雷炸毁经过的车辆……"镇上风声鹤唳，学校关闭与宵禁，西班牙儿童被疏散回国，镇上满是坦克与铁丝网。"可怕的是，在边界上西班牙三面受敌，在小镇上，竟弄不清这些骚乱是哪一方面弄出来的。"(详见《沙巴军曹》)

一九五八年的伊夫尼战役结束后，和谐、宁静与共存的氛围逐渐在西班牙与撒拉威人之间建立起来，岂料一九七〇年巴希尔号召的和平示威惨遭西班牙第三军团血腥镇压，将彼此的信任基础破坏殆尽，双方冲突不断。

在三毛的文字里，同样可读到撒拉威人对殖民者的愤怒与厌恶愈形高涨，西班牙殖民者气焰愈发不可一世。荷西同事甚至批评当地撒拉威人"饭不会吃，屎不会拉，也妄想独立，我们西班牙太宽大了"，认为撒拉威人反殖民、争独立，不过是不懂得感恩罢了,"宰个沙哈拉威,跟杀了一条狗没有两样。狗也比他们强,还知道向给饭吃的人摇尾巴……"而且这等充满种族歧视的偏激言论偏偏博得众人喝彩。(详见《哭泣的骆驼》)

三毛描述了阿尤恩街头紧绷肃杀的氛围:"当天晚上,市镇全面戒严,骚乱的气氛像水似的淹过街头巷尾,白天的街上,西班牙警察拿着枪比着行路的沙哈拉威人,一个一个趴在墙上,宽大的袍子,被叫着脱下来搜身。年轻人早不见了,只有些可怜巴巴的老人,眼睛一眨一眨地举着手,给人摸上摸下,这种搜法除了令人反感之外,不可能有什么别的收获,游击队那么笨,带了手枪给人搜吗?"(详见《哭泣的骆驼》)

接受我们访问的地方耆老对于当时的宵禁与搜身印象深刻,而当年在阿尤恩生活的西班牙人资料里亦谈及戒严和宵禁,还有西班牙军队荷枪搜身的资料与照片。

游击队与巴西里

《哭泣的骆驼》描述美丽的撒拉威天主教助产士沙伊达与游击队领袖巴西里的爱情故事,折射出西班牙殖民统治即将告终,摩洛哥绿色行军前的阿尤恩。

三毛描述游击队领袖,同时也是沙伊达丈夫的巴西里:"他的步伐、举止、气度和大方,竟似一个王子似的出众抢眼,谈话有礼温和,反应极快,破旧的制服,罩不住他自然发散着的光芒,眼神专注尖锐,几乎令人不敢正视,成熟的脸孔竟是沙哈拉威人里从来没见过的英俊脱俗。"巴西里家族本来在南部有成千上万的骆驼和羊群，为了支持游击队，骆驼都卖光了，只剩山羊。

　　一九七五年十月中旬，摩洛哥国王哈桑二世——三毛口中的"魔王"——号召绿色行军，三毛房东罕地很快在自家天台升起摩洛哥国旗，姑卡丈夫阿布弟却加入游击队，可见撒拉威人的意见并不一致。她笔下，游击队领袖巴西里于一九七五年十月二十二日，也就是绿色行军之前，因游击队内讧而横死阿尤恩街头。

　　至于由撒拉威年轻人组成的"波里沙里奥人民解放阵线"，就是现今依然存在的"波利萨里奥"（Polisario）。三毛说，游击队从阿尔及利亚用哈桑尼亚语广播，鼓吹民族自决、解放奴隶与女子教育等，当时"镇上每一个年轻人的心几乎都是向着他们的，西班牙人跟沙哈拉威人的关系已经十分紧张了，沙漠军团跟本地更是死仇一般"。

　　"波利萨里奥"全名"萨基亚阿姆拉和里奥德奥罗人民解放阵线"（Frente Popular de Liberación de Saguía el Hamra y Río de Oro），简称波利萨里奥阵线，又称西撒哈拉人民解放阵线，这里简称"波阵"。成立于一九七三年五月十日，总部在阿尔及利亚，以反抗西班牙殖民者为目标，一九七五年已是西撒哈拉境内最大的武装反抗组织。

　　波阵虽然真实存在且依然存在，当年的领导人名字却不是三毛书里的巴西里，而是艾瓦利（El-Ouali Moustapha Sayed）。

有意思的是，波阵前身"萨基亚阿姆拉和里奥德奥罗解放运动"
(Harakat at-tahrir Saqiat al-hamra wa wadi-addahab)的创始人
为巴希尔，音似"巴西里"，这里采用更接近哈桑尼亚语的"巴
希尔"。

　　巴希尔是史上有名的撒哈拉民族运动领袖，一九四二年出
生在游牧家庭，自幼受伊斯兰教育启蒙，尔后因干旱而举家迁
徙至坦坦。他在摩洛哥念完大学后，前往埃及与叙利亚留学，
一九六六年回到摩洛哥，在达尔贝达创办反殖民意识强烈的政
论杂志《火炬》(Chamaa)，希望将西撒从西班牙殖民者手中解
放出来。在甘地影响下，巴希尔于一九六七年创立了"萨基亚
阿姆拉和里奥德奥罗解放运动"，试图以和平手段来达到反殖
民目的，让西班牙如芒在背。

　　一九七○年六月十七日，巴希尔领导群众在阿尤恩和平示
威，争取撒拉威人权益，却遭受血腥镇压。西班牙第三军团"奥
地利的唐璜"朝民众开枪，造成十一人死亡，数十人受伤，数百
人入狱，巴希尔亦难逃被捕命运，下落不明。据信当晚即被第
三军团带到沙丘上处决，年仅二十八岁，家属至今仍在寻找他
的遗体。

　　巴希尔被视为反殖民烈士，启迪了波阵，再加上他在
一九七○年的阿尤恩示威抗议中被捕入狱，旋即失踪，三年后
抵达阿尤恩的三毛极可能是从当地人口中听闻他的名字与传
奇，进而写进书里。

沙伊达

三毛笔下的沙伊达——应是撒拉威常见女性名字 Saida——有着惊人美貌(见《哭泣的骆驼》一文:"沙伊达那洁白高雅、丽如春花似的影子忽而在我眼前闪过,那个受过高度文明教养的可爱沙漠女子,却在她自己风俗下被人如此地鄙视着,实是令人难以解释。"以及"灯光下,沙伊达的脸孔不知怎的散发着那么吓人的吸引力,她近乎象牙色的双颊上,衬着两个漆黑得深不见底的大眼睛,挺直的鼻子下面,是淡水色的一抹嘴唇,削瘦的线条,像一件无懈可击的塑像那么的优美,目光无意识地转了一个角度,沉静的微笑,像一轮初升的明月,突然笼罩了一室的光华,众人不知不觉失了神态,就连我,也在那一瞬间,被她的光芒震得呆住了"),身为孤女,十六七岁才被天主教修女所收容,尔后成为医院助产士,因"背叛自己族人的宗教"而不被撒拉威人接受。

旧时的西班牙医院就在教堂左侧,考虑到殖民时期,教会传教时往往伴随着创办医院、学校、慈善救济与孤儿院等,《哭泣的骆驼》曾提到局势动荡时,三毛去沙伊达工作的医院找她,"我慢慢地穿过走廊,穿过嬷嬷们住的院落",里面很多撒拉威孩子皆由修女们照顾,这些描述似乎是真实场景,若当时有失去父母的撒拉威女性因修女的照顾而入教,看似合理。

旧日的西班牙医院如今早已拆除并改建成广场与公园,阿尤恩现存孤儿院则隶属摩洛哥儿童保护联盟(La ligue

Marocaine pour La Protection de l'Enfance)。该联盟创办于一九五四年，原由摩洛哥王室艾米娜公主(Lalla Amina)担任主席，直到她于二〇一二年过世，改交给琪内博公主(Lalla Zineb)接任至今。也就是说，今日的孤儿院与西班牙殖民时的天主教会没有任何关联。

沙伊达虽是巴西里的妻子，但因是基督徒，无法为撒拉威家族所接受，巴西里家人从不知她的存在。

伊斯兰教义规定，穆斯林男子可与非穆斯林女子结婚，前提是这位女性是"有经者"，即同为一神教的犹太教徒与基督徒，现在偶尔也包括佛教徒。异教徒女性若想嫁给穆斯林，必须改宗伊斯兰教。相对地，穆斯林女性不得与非穆斯林男性结婚，除非这位男性改宗伊斯兰教。

换言之，单纯就伊斯兰教义来说，巴西里并非不可与沙伊达结婚。然而在现实操作上，远远无法如此理想，七十年代的撒拉威大家族尤其不可能接受非穆斯林女性嫁进家门。

另一原因则在于宗教上的角力。

伊斯兰教与基督教同样有宣教行为，随着伊斯兰王朝的领土持续扩张，经商路线不断扩大、深化，宣教活动自然也十分活跃。早在公元七世纪伊斯兰教便已随着阿拉伯人抵达北非，尔后借由跨撒哈拉贸易线持续往西非与撒哈拉以南地区扩张，直到十九世纪初，宣教活动缓慢而卓越。待欧洲殖民者前来非洲，伊斯兰宣教人员与基督教传教士很自然地处于某种竞争状态。

例如《寂地》一文，两个西班牙人在大沙丘迷路了，被救回来后，其中一个疯了，穆斯林"山栋"要他朝麦加朝拜，让镇上的神父很不高兴。三毛说："哪有那么奇怪的神父，镇上神父跟山栋一向仇人似的……"由此可知天主教神父与穆斯林"山栋"之间的对立紧张关系。

西撒的天主教徒极少，创立于一九五四年的宗座监牧现今设在阿尤恩，辖区覆盖整个广大的西撒，归罗马教廷管辖。一九七五年，西撒约有两万多名天主教徒，今日的信徒可能只有一百多人。就七十年代的阿尤恩来说，很难想象会有信奉天主教的撒拉威女性存在。

此外，撒拉威传统里，家族至亲关系紧密，相当重视对寡母孤儿的照顾。每个孩子都是伊斯兰家族至宝与最重要的资产，无论男女，失去双亲的孩童往往由家族体系所承接，而非出养，这样的传统观念让"领养"制度直到今日都不易在摩洛哥普及开来。更何况，若沙伊达失去双亲时年已十六七岁，依照撒拉威传统，家族会安排她出嫁，有所归宿，而非交由异教徒(天主教修女)照顾。

我们在阿尤恩多方探寻，耆老们一听到我们问"西班牙殖民时期是否有撒拉威女性放弃伊斯兰，改信基督教"，个个惊恐摇头，直说完全不可能。

问及是否有西班牙修女照顾失去双亲的撒拉威孤儿，耆老们纷纷表示，当时曾听说修女会照顾撒拉威小孩，但并非孤儿院，比较类似幼儿园，更何况撒拉威人完全不可能将自己小孩交给异族或异教徒照料。倒是有听说西班牙撤离时，少数失去双亲的波阵孤儿被带往西班牙，但无法确认真假。

物换星移，那时代的人物皆已远去，幸存者不愿谈及殖民时期的过往，摩洛哥政府也试图淡化西班牙殖民痕迹，更深入的探究难以进行。但经由反复推敲，我个人判断沙伊达应是三毛笔下的虚构人物，以便带出更能呈现当时氛围与事件的故事。

波利萨里奥阵线

　　七十年代号召撒拉威年轻人对抗西班牙殖民者的波阵,其领导人艾瓦利于一九四八年出生在邻近毛里塔尼亚边界的游牧帐篷里,家境赤贫,五十年代末因干旱而结束游牧生活,也让他因而进入正规教育体系且表现秀逸。一九七三年,在阿尔及利亚民族解放阵线资助下,艾瓦利创立波阵,并于一九七五年因绿色行军而前往廷杜夫(Tindouf)。一九七六年,创建撒拉威阿拉伯民主共和国(Sahrawi Arab Democratic Republic,简称SADR),艾瓦利当选第一任总统。一九七六年,因一场武装冲突而丧命于毛里塔尼亚,年仅二十八岁。

　　波阵在一九七三年创立后,以游击队的武装突袭作为争取独立的手段,绑架西班牙人,骚扰军队,势力迅速扩大。一九七四年至一九七五年,波阵逐步控制沙漠地带,成为当时最重要的民族主义组织。一九七五年,西班牙被迫撤退到沿海主要城市，与波阵针对权力移交进行谈判，当时波阵虽然获得广泛认同，组织本身却不大，据估只有八百名战士。

波阵灵活且突如其来的战斗方式让西班牙政府不堪其扰。在波阵策划下，阿尤恩示威抗议不断，不时传来莫名枪响，就连西班牙儿童都遭受袭击。局势动荡，人心惶惶，一如三毛所写："那时候，西班牙士兵单独外出就被杀，深水井里被放毒药，小学校车里找出定时炸弹，磷矿公司的输送带被纵火，守夜工人被倒吊死在电线上，镇外的公路上地雷炸毁经过的车辆……"（详见《沙巴军曹》）

最能打中西班牙政府要害的自然是破坏具有经济利益的设施，因此波阵时常袭击布嘎的磷酸盐输送带，迫使矿场停摆。由于磷酸盐输送带长达一百公里，又位处荒野，根本防不胜防。此举成功引起世人对撒拉威民族运动的关注，却也逼使欧洲人离去。一九七五年上半年开始，侨民家庭大批撤离，飞往西班牙与加那利群岛的航班加倍。

三毛有几个朋友是游击队成员，但她从不掩饰心中悲观，认为他们一个个都是理想主义者，充满浪漫情怀地试图建立自己的国家，然而撒拉威人几乎半数都无知，西撒未来又恐沦为阿尔及利亚保护国，比原本更糟，甚至直言："你们太浪漫，打游击可以，立国还不是时机。"就连游击队领袖的老迈父亲都摇着白发苍苍的头，怅然地喃喃自语："不会独立，摩洛哥人马上要来了，我的孩子们，在做梦，做梦……"（详见《哭泣的骆驼》）

尔后发展不幸被三毛料中。

绿色行军

"大摩洛哥"主张里的领土

对逐水草而居的撒拉威人来说，生命是辽阔大地，天际唯有地平线、毫无人为疆界，以安拉与先知穆罕默德为唯一指引，拒绝服从任何外来政权。

最积极争取西撒主权的非摩洛哥莫属。摩洛哥声称拥有西撒主权的理由是，漫漫长史中，撒拉威部族领导者曾经效忠于摩洛哥王室。在摩洛哥强力要求下，即便一九六三年的西撒还是西班牙殖民地，仍被联合国列入了非自治领土名单且维持至今。

一九五六年，摩洛哥独立前夕，政治人物埃拉·阿法西（Allal al-Fassi）提出"大摩洛哥"（le Grand Maroc）主张，认为部分西班牙与法国殖民地在欧洲殖民摩洛哥之前属于摩洛哥领土不可分割的一部分，必须一一收复"失土"。

一九六一年，摩洛哥国王穆罕默德五世(Mohammed V)去世，继位的哈桑二世承接"大摩洛哥"主张，于一九六三年声称阿尔及利亚境内的廷杜夫和贝查尔(Béchar)属于摩洛哥领土，与阿尔及利亚打了场"沙战"(Guerre des Sables，一九六三至一九六四)，一九六九年则从西班牙手中取得伊夫尼，势力迅速朝西撒逼近。

然而，联合国倾向以民族自决来解决西撒问题，西班牙亦逐渐接受。

一九七四年，西班牙驻联合国大使宣告，西班牙希望在国际社会保证下，让西撒进行去殖民化并行使自决权，更为了全民公投而进行人口普查，结论是共有七万三千四百九十七名撒拉威人居住在西撒这块土地上。

特别值得一提的是，撒拉威人散居各处，习惯性迁徙，难以掌控确切人数。三毛在《哭泣的骆驼》里三度提到撒拉威人有七万多名，数据很可能就是来自西班牙为了全民公投而做的人口普查。

一九七五年五月，联合国使团抵达阿尤恩调查当地局势与人民意愿，撒拉威人走上街头，摇动波阵旗帜，独立声浪高涨。十月，联合国海牙国际法庭驳回摩洛哥与毛里塔尼亚对西撒主权的声索，引起摩洛哥国王哈桑二世极度愤怒与不满，认为联合国以西方法律框架来诠释摩洛哥与撒哈拉各部族的关系，不符合非洲实情与传统观念，必然得出错误结论，是而拒绝接受此一严重"错误"。

于是，哈桑二世(即三毛笔下"摩洛哥国王哈珊")号召人民进行一场"绿色行军"(三毛称为"和平进军")，突如其来的举动打得西班牙与联合国措手不及！这决定了西撒的命运，也迫使三毛与荷西逃难般地仓皇离开撒哈拉。

三毛笔下的绿色行军

一九七五年，西撒局势既险峻又动荡，撒拉威人正以游击队的方式试图赶走西班牙等外来殖民势力，摩洛哥国王哈桑二世号召的绿色行军已逼近阿尤恩，随时有可能入城。一片混乱危难中，西班牙人紧急撤离，三毛先行搭机离开，在加那利岛上等消息，十五天后荷西才回来。

三毛并未目睹绿色行军，她的文字与史实却有许多处惊人吻合。

《哭泣的骆驼》里："十月十七日，海牙国际法庭缠讼了不知多久的西属撒哈拉问题，在千呼万喊的等待里终于有了了解。"镇上撒拉威人发疯了似的庆祝，以为自己胜了。然而"当天晚上撒哈拉电台的播音员突然沉痛地报告着：'摩洛哥国王哈珊，召募志愿军，明日开始，向西属撒哈拉和平进军'"。

现实中，一九七五年十月十六日，国际法院按联合国大会要求，发布了一项关于西撒哈拉地位的咨询意见，驳回摩洛哥和毛里塔尼亚的主权声索，同一天，也就是十月十六日，摩洛哥国王哈桑二世号召绿色行军，自此决定西撒往后的命运。

三毛写的日期与现实只差一天，考虑到讯息传递所需时间且西撒地处偏远，她确实有可能在官方正式消息发布后隔了一天才得知。

　　三毛写着，哈桑二世发出绿色行军的号召之后，西班牙晚间新闻开始转播大批摩洛哥人朝阿尤恩蜂拥而来且逐日增加："他们如黄蜂似的倾巢而出，男女老幼跟着哈珊迈开第一步，载歌载舞，恐怖万分地向边界慢慢地逼来，一步一步踏踏实实地走在我们这边看着电视的人群的心上。"这让三毛恨得对着电视叫骂起来。而"沙漠军团的每一个好汉都疯了似的往边界开去，边界与阿雍镇，只有四十公里的距离"。这里的边界应是现今的朵哈（Dora），位于阿尤恩北方，此地正是当年绿色行军经过之处。

　　到了十月二十一日，西班牙政府用扩音器在街头巷尾呼叫西班牙妇孺紧急疏散，镇上朋友匆忙往机场飞奔，催三毛快走，西班牙警察消失无踪，街头空无一人，只有航空公司人满为患，而荷西"却日日夜夜地在磷矿公司的浮堤上帮着撤退军火、军团"。

　　十月二十二日，一面摩洛哥国旗在三毛房东罕地的屋顶平台缓缓升起，"接着镇上的摩洛哥旗三三两两地飘了出来"。隔天（十月二十三日），发现巴西里支离破碎的身体，巴西里弟弟奥菲鲁阿与沙伊达当晚死亡。

　　虽然无法确认沙伊达、巴西里与奥菲鲁阿是否为真实人物，整体时间顺序和描述的氛围却与现存相关记载和耆老访谈口述历史相当吻合。

绿色行军，逼使三毛离开撒哈拉的历史事件

三毛细腻精准地呈现了当时西班牙侨民的惊恐与混乱局势，但若改从摩洛哥观点诠释，这是一场收复失土的神圣行军。

一九七五年十月十六日，摩洛哥国王哈桑二世号召三十五万人民加入"绿色行军"，赶走西班牙殖民者，解放撒拉威弟兄，收回国家领土。

讯息一发布，全国人民热烈响应，报名人数远超过三十五万，男女老幼从摩洛哥各省纷纷涌入马拉喀什，搭乘大卡车朝西撒前进。他们驻扎在离阿尤恩仅一百公里的塔尔法亚，等待国王的最后指令。

三毛形容这群如黄蜂出巢的男女老幼"载歌载舞"，是有道理的。

当时光驻扎在塔尔法亚营区的人数就超过五十万，必须抽签才能决定谁可以进入阿尤恩。这些人绝大多数都是在赤贫边缘挣扎求生的小老百姓，若非国家支付沿途食宿所需，根本无力进行这场难得的长途旅行，况且他们衷心将国王哈桑二世视为先知穆罕默德传人，参加绿色行军不仅可以望海、看沙漠，而且吃得又比在家里好。再加上哈桑二世宣称这是一场带着神圣性质的和平行军，以伊斯兰最喜爱的绿色为标志，志愿者因此

个个手无寸铁，手中拿着《古兰经》，身上背着摩洛哥国旗，扛着哈桑二世肖像画，浩浩荡荡前来解放撒拉威弟兄。日日高涨的民族主义火焰让每一天都是一场欢庆，自然是一边大唱胜利歌曲，一边大步前进，驻扎在塔尔法亚时同样欢天喜地唱起歌、跳起舞。

三毛笔下如妖魔般可恶的摩洛哥男女老幼，不过是来自底层的贫困百姓，带着满满的爱国情操，热情真挚地呼应国王号召，对于西撒命运如何在自己脚下被扭转，根本一无所知。

在今日的摩洛哥，绿色行军被视为一场反殖民的巨大胜利，每年十一月六日都会举办盛大的庆祝活动，城镇各角落不乏绿色行军的壁画。壁画里，只见摩洛哥国旗在队伍里飘扬，人们手持《古兰经》，或步行，或搭乘大卡车，在沙漠中不畏西班牙枪弹地前进，抑或身着蓝色长袍、包头巾，骑在骆驼背上的撒拉威战士手持摩洛哥国旗，呈现撒拉威人对摩洛哥的认同与忠诚。

不曾止息的冲突与血腥

绿色行军事出突然，西班牙一时无法应对！

恰逢佛朗哥病危，即便撒拉威人早已表达对民族自决的渴望，西班牙政府依然背弃曾经对殖民地人民许下的承诺，十一月十四日，仓皇与摩洛哥及毛里塔尼亚签署《马德里协议》，放弃了西撒。

根据该协议，西撒领土北部三分之二属于摩洛哥，南部三分之一交给毛里塔尼亚,西班牙保有布嘎矿区、沿岸捕鱼特权与加那利群岛,并会在一九七六年二月二十六日之前,将所有军队与侨民撤离西撒。

三个国家在《马德里协议》签订之前,不曾征询撒拉威人民的意见,自然招致波阵与阿尔及利亚的联合反对。

一九七六年二月二十六日,最后一位西班牙士兵离开西撒。

隔日,在阿尔及利亚支持下,波阵在比尔拉鲁(Bir Lahlou)宣布成立"撒拉威阿拉伯民主共和国",并将摩洛哥与毛里塔尼亚军队都视为占领者,发动武装攻击,摩洛哥也与支持波阵的阿尔及利亚部队发生战役。

一九七五年底至一九七六年之间,无数撒拉威人被迫离开故乡,在波阵协助下逃往阿尔及利亚,造就了人类历史上存在最久的难民营——廷杜夫。

历经数场武装冲突后,一九七九年八月五日,毛里塔尼亚与波阵终于签署和平协议。毛里塔尼亚退出《马德里协议》并从西撒撤军,摩洛哥军队却伺机占领西撒全境,驱赶波阵民兵。

手持摩洛哥国旗，挤在大卡车上，驰骋沙漠，浩浩荡荡朝西撒前进的绿色行军

撒拉威战士手持摩洛哥国旗，显示对摩洛哥王国的认同与忠诚

加那利群岛与三毛

　　西撒与加那利群岛可说有着千丝万缕的关联。十八世纪后，西撒沿岸丰富的渔获吸引加那利群岛渔民前来捕鱼，西班牙殖民后，两地往来更加频繁。

　　三毛在《搭车客》里描述，每到月初，便有加那利群岛妓女搭飞机前来做生意。《天梯》里，阿尤恩监狱关着的"大部分是为了抢酒女争风吃醋伤了人，或是喝醉酒，跟沙哈拉威人打群架的卡纳利群岛来的工人"。

　　一九七五年，局势混乱危急中，西班牙政府进行名为"燕子计划"（Operación Golondrina）的大撤离行动，短短几个月内从西撒撤离了两万多人，以及四千吨物资、一千三百五十辆车、所有军队与军事资源。对不得不撤离的西班牙人来说，那是痛彻心扉，带不走的土地与被迫放弃的家园。

　　三毛和荷西真心爱着西撒，绿色行军前夕即使情况危急，西班牙随时可能撤离，荷西拥抱忧心忡忡的三毛，依然笑容满

面地说："如果将来西班牙和平地跟他们解决，我们还是留下去。"（详见《哭泣的骆驼》）

离开阿尤恩后，三毛和荷西被迫落脚加那利群岛，与阿尤恩相隔不过一百多公里海洋。

初期生活并不容易，岛上虽然也有沙丘，两人却相当思念西撒，某次遇见一位百科全书推销员，父母是军人，在西撒住了快十五年，被迫撤退到陌生岛屿，"讲起沙漠，三个人伤感又欣慰，好似碰见了老乡一样，拼命讲沙漠的事和人"。荷西虽然失业，仍向他买了一套百科全书。（详见《第一套百科全书》，收录于《永远的宝贝》）

由于在岛上找不到工作，荷西曾经返回西撒磷矿场工作，与三毛分隔两地，直到西撒局势过度危险，他才放弃矿场的工作，与三毛在加那利群岛真正安顿下来。

另一方面，三毛在《哭泣的骆驼》里曾试图帮沙伊达偷渡前往西班牙而未果，今日的加那利群岛仍然是摩洛哥与撒哈拉以南非洲年轻人偷渡前往欧洲的首选中继站之一，每年都有不少非洲偷渡客乘小船从摩洛哥出发，试图抵达加那利群岛，再设法前往西班牙或欧洲其他国家。

尤其近年摩洛哥与西班牙联合打击地中海偷渡路线，愈来愈多非法移民选择前往加那利群岛。命大得以上岸者，惊扰了加那利居民，甚至因人数过多而造成加那利群岛的社会、治安与经济隐忧；不幸丧命大海成为一具具海上浮尸者，不计其数。

二〇二〇年后因 COVID-19 重重打击全球经济，许多人生活无以为继，年轻人在故乡看不到希望，纷纷踏上偷渡之路，也让非法移民人数再度往上攀升。

因国界而破碎的撒哈拉

三毛笔下的撒哈拉，无国界。

初抵沙漠，三毛"十分希望做世界上第一个横渡撒哈拉沙漠的女子探险家"（详见《平沙漠漠夜带刀》），一度计划从西撒出发，穿越大漠，直抵红海。

《白手成家》提道："结婚的蜜月，我们请了向导，租了吉普车，往西走，经过'马克贝斯'进入'阿尔及利亚'，再转回西属撒哈拉，由'斯马拉'斜进'茅里塔尼亚'，直到新内加边界，再由另外一条路上升到西属沙漠下方的'维亚西纳略'，这才回到阿尤恩来。"

短短几句，涵盖三四个国家领土，提到的地名现今都可找到相对应的村落。"马克贝斯"应是离波阵非常近的马贝斯（Mahbes）；"斯马拉"今日已发展成颇具规模的城市；"新内加"则是毛里塔尼亚邻国塞内加尔（Senegal）。

"维亚西纳略"就是现今的达赫拉，此地于一八八四年成为西班牙殖民地后，被当时的西班牙步兵队长博内利(Emilio Bonelli)命名为西斯内罗斯城(Villa Cisneros)，以纪念文艺复兴时期的欧洲神学家西斯内罗斯(Francisco Jiménez de Cisneros)，Villa Cisneros 西语发音与"维亚西纳略"颇为相似。

一九七九年毛里塔尼亚撤军后，此地由摩洛哥管辖，荷西喜爱的白沙漠就在这一带，今日已是极受欧洲游客喜爱的观光景点。

然而，辽阔寂静的撒哈拉，早因区域政治而危机四伏。

一九七五年绿色行军后，西撒受到摩洛哥的实质控制，撒拉威人并未因西班牙殖民政府的离去而得以"解放"，相反地，不少年轻人纷纷加入波阵，与摩洛哥军队发生激烈武装冲突。

摩洛哥虽有相对精锐的武器与部队，却不敌熟悉沙漠地形且善于游击战的波阵民兵。为了铲除反抗势力，摩洛哥军队强力镇压，就连荒漠里的撒拉威帐篷都遭到战机轰炸。流离失所的撒拉威家庭纷纷逃往阿尔及利亚的廷杜夫难民营，生活所需仰赖国际援助，目前粗估人数有十几万。

一九七九年，毛里塔尼亚撤出西撒，西撒从此落入摩洛哥之手。同年二月，三毛作词的《橄榄树》发表，九月，荷西在潜水时意外身亡。

一九八〇年起，在美国、以色列与沙特阿拉伯支持下，摩洛哥在荒漠深处兴筑一道长约两千七百二十公里的军事墙，一九八七年完工，称之为"沙墙"，同时派重兵驻守。

沙墙主要建筑体是石子与砂土，高约三米，周遭满布铁丝网与地雷等,是地表最长的连续地雷带,不时有人或动物误触地雷,无辜丧命。

沙墙成功牵制了波阵的行动,阻隔波阵碰触经济利益丰富的地区,比如海岸渔获、荷西曾经工作的布嘎矿区,确保所有经济利益归于摩洛哥。围墙以西区域为摩洛哥控制,约占西撒百分之八十的土地,称为"南方省区"。其余百分之二十是由波阵控制的"自由地带",为自然条件极度严苛的荒漠,不宜人居。

三毛与荷西曾经造访的马贝斯属于摩洛哥控制范围内,今日仅有少数居民与几栋建筑,离沙墙极近,为军事重镇,地雷满布。阿尔及利亚与廷杜夫虽然近在咫尺,但中间为波阵控制地带,双方无法直接往来,仅容联合国维和部队通行。

一九九一年一月四日,三毛过世。同年,在联合国安理会协助下,摩洛哥和波阵宣布停火,联合国西撒哈拉全民投票特派团(简称 MINURSO)进驻当地,其中包含数百名联合国军事人员,维和部队的任务在于防止双方发生武装冲突,以维护区域和平。摩洛哥与波阵持续对峙至今,然而国际局势对波阵愈形不利。

二〇二〇年十月,波阵在摩洛哥与毛里塔尼亚边界的停火区盖尔盖拉特一带持续示威。十一月初,双方在马贝斯交火,幸无人伤亡,但已破坏一九九一年以来的停火协议。十二月十日,当时的美国总统特朗普抛下震撼弹,承认摩洛哥对西撒的主权,大大压缩了波阵的国际生存空间,难民营与旅欧撒拉威人抗议连连,却无法博得国际媒体关注。

字里行间感受得到三毛对波阵的同情，以及对西撒未来的悲观，尔后发展不幸也被她料中，西撒主权争议至今未能完满解决。波阵虽然建立"撒拉威阿拉伯民主共和国"，却"沦为阿尔及利亚的保护国"（详见《哭泣的骆驼》），问题延烧至今。摩洛哥与阿尔及利亚之间的边界不仅从一九九四年关闭，二〇二一年八月，阿尔及利亚更与摩洛哥断交，为欧非地缘政治投下极大变量。

　　荷西与三毛早已先后离世，西撒历史持续向前演进。

　　＊＊＊

　　一九七五年，绿色行军前夕，思及藏身沙漠的年轻游击军，三毛写道："世界上没有第二个撒哈拉，也只有对爱它的人，它才向你呈现它的美丽和温柔，将你的爱情，用它亘古不变的大地和天空，默默地回报着你，静静地承诺着对你的保证，但愿你的子子孙孙，都诞生在它的怀抱里。"

　　此时此刻，游击军后代依然受困难民营，出不了沙漠，望不见海与未来。

　　每个人心里都藏着一棵远方的橄榄树，或流浪，或逃难，甚而偷渡，莫不渴望一个更好的他方，是而启程。

古老项链里的秘密

　　总有人质疑，三毛与荷西是否真如三毛描述那般如胶似漆？抑或一切只是三毛的浪漫想象？

　　三毛曾说："当初坚持要去撒哈拉沙漠的人是我，而不是荷西。后来长期留了下来，又是为了荷西，不是为了我。"（详见《白手成家》）

　　我想只有在沙漠生活过的贫贱夫妻，才能明白三毛为了荷西而选择留在西撒，心里有着多么强烈的爱，以及一个男人愿意为了一个女人前往西撒工作，心里对她怀抱着多么大的爱。

　　三毛不曾掩饰沙漠生活的辛苦与婚姻里的寂寞，相反地，她巨细靡遗描述了沙漠生活的重重艰难，诸如高温、酷热、苍蝇多、时常断电以及淡水供应不足等，如《白手成家》："撒哈拉沙漠是这么的美丽，而这儿的生活却是要付出无比的毅力来使自己适应下去啊！我没有厌沙漠，我只是在习惯它的过程里受到了小小的挫折。"以及刚结婚时,荷西为了多赚点钱,很少在家,三毛如何忍着寂寞,甚至哭着希望他不要上班。

质疑者忽略了一个简单的事实:三毛不是被迫留在撒哈拉,而是为了一生挚爱,选择留在撒哈拉。那是她的自主决定,唯一的动机,只会是爱。

二〇二〇年十月初,我在离阿尤恩将近五百公里的海城伊夫尼传统旧市集里,偶然发现了一条柏柏尔百年古董项链,当下只觉眼熟,不多想地带了回来。

十月十六日,哈桑二世号召绿色行军四十五周年纪念日,我收到《皇冠杂志》三毛特辑的邀稿,为此而振笔疾书时,细细看着三毛生前照片,赫然发现刚买下的坠子形式与三毛最爱的那条项链相同!

《永远的宝贝》一书里,《心爱的》与《第一条项链》说的是同一条项链,在三毛生前数张正式拍摄的相片里,亦可发现这条项链。

一九七三年,三毛知道要结婚了,极想拥有一条沙漠女人的"布各德特",却是遍寻不着。直到婚礼当天正午,屋外"天地玄黄的热沙雾里",伫立着一位"蒙了全身黑布头的女人",卖了一条"布各德特"给她,也成了三毛结婚时颈上唯一的饰物。在她与荷西办理结婚登记的照片里,同样能发现她脖子上确实戴着这条项链。

沙漠女人卖给三毛的只有中间那块银坠子,项链里的钢片是荷西用自行车零件做的,两颗琉璃珠则是荷西去沙漠小店配来的。

这条项链是三毛最心爱的首饰,"一直戴着它天涯海角地走","我将这条项链当成了生命中的一部分,尤其在先生过世之后,几乎每天挂着它",直到有天遇见一位会通灵的异人石朝霖教授,问她:"这串项链里面,锁进了太多的眼泪,里面凝聚着一个爱情故事,对不对?"(详见《第一条项链》,收录于《永远的宝贝》)并要三毛别再戴了。

这种传统坠饰其实是"南十字星座",撒拉威与柏柏尔人称之为 Boghdad,即三毛文中的"布各德特"。

南十字星座项链普遍存在于撒哈拉部落,在毛里塔尼亚、摩洛哥、阿尔及利亚及尼日尔的传统首饰中,都可见到南十字星符号的不同演绎。阿尔及利亚与尼日尔的图阿雷格人尤其爱用,南十字星符号更为常见。

撒哈拉部落的南十字星座坠饰起源不详,有各种美丽的传说。有个图阿雷格故事说这是一位游牧战士向心爱女子示爱的礼物,所以是爱情甜美幸福的祝福,也有人说这是能够招引财富的图腾。

我个人比较接受摩洛哥南部沙漠柏柏尔人的普遍说法:传统生活在撒哈拉的游牧民族以星象指引方向,南十字星座是当年游牧民族在夜里辨识方向的凭借。

法国民族学家则搜集到一则美丽的图阿雷格传说:早年,图阿雷格人会在儿子成年、结婚或即将独立游牧时,赠予南十

布各德特坠饰

字星项链，并告诉他："我不知道你将死在何方，所以给了你这世界的四个方向。"

至于三毛项链上的珠子，应该是"非洲贸易珠"（Africa Trade Beads）。

非洲人一直有使用珠珠的习惯，早先以自然材质制作，十五世纪之后，随着海上贸易愈形兴盛，约莫在一四八〇年，来自捷克、意大利威尼斯与荷兰波希米亚的玻璃珠传入了非洲。

十六至十九世纪的殖民扩张期间，这些欧洲制造的玻璃珠被当成了货币，用来与非洲部落进行商业贸易，购买黄金、象牙，甚至是奴隶。非洲人非常喜欢这些来自欧洲的精美珠子，尤其喜爱威尼斯的手工玻璃珠。长达三个多世纪的"大西洋奴隶贸易"期间，成吨的玻璃珠压在船舱底，从欧洲各大港运往非洲海岸，以物易物，再将奴隶运上船，穿越大西洋，送到美洲。

与非洲往来的交易量之巨大，造成了极高的玻璃珠需求量，后来这些珠珠甚至是专门制造用来和非洲进行贸易的，因此有了"非洲贸易珠"此一专门词语。

样式方面，三毛身上佩戴的"布各德特"是女性样式，极为传统，男性样式略有不同。

正如三毛所说，撒哈拉传统里，这种项链往往是在家族女性里代代相传。贝桑妈妈身上就有一个，传自贝桑外婆，年代相当久远，应有百年以上历史。早期"布各德特"为纯手工打造，以尼日尔撒哈拉沙漠图阿雷格工匠手艺最佳，女性佩戴在

非洲贸易珠,纯手工制,技术已传入非洲,
现今以加纳生产的最知名

由非洲贸易珠串成的柏柏尔古董项链

伊夫尼一带柏柏尔山村手工饰品,中间为
兽骨,两侧缀饰是皮风箱,正红与正绿为摩
洛哥国旗配色,中央六片花瓣呼应大卫星,
再以非洲贸易珠点缀。现今的北非饰品依
然保有非洲贸易珠的使用方式与传统风格

柏柏尔古董项链,中间的圆筒形金属缀饰为
中空,用来放置植物性熏香,类似香囊,两
旁缀以非洲贸易珠

身上，死后传给女儿，盛载着家族女性的集体记忆与共同生命经验，不转卖给外人。

三毛将"布各德特"银坠子与沙漠小店琉璃珠搭配的佩戴方式，相当在地。柏柏尔女性尤其喜欢非洲贸易珠，习惯将主要坠饰置于项链中央，两端配上珠珠，或数颗，或成串。

* * *

解开了这个藏在项链里的秘密，让我极度震惊。

啊，三毛肯定是极度思念荷西的吧，心里这份"确信"竟让我哀痛欲绝！

荷西昵称三毛是"我的撒哈拉之心"，他离开后，三毛仿佛将眼泪锁进这条项链，戴在胸口，紧紧贴着热乎乎的心。

忽地想起三毛曾在受访时说："虽然我住在沙漠里，可是因为荷西在身边，我觉得这里繁花似锦。"脑中浮现出浪花层层扑打岩岸的蔚蓝大海，米色沙滩上，海与河交汇，火鹤在浪花间低头觅食的画面，不自禁地热泪盈眶。我想，我终于懂了《今世》的歌词"花又开了，花开成海，海又升起，让水淹没"说的是什么。

三毛曾说："每想你一次，天上便飘落一粒沙，从此形成了撒哈拉；每想你一次，天上就掉下一滴水，于是形成了太平洋。"

望着大西洋蔚蓝海岸，在水一方，便是三毛与荷西曾居住的加那利群岛，是荷西长眠之地，是非洲偷渡客渴望的"黄金国"（西语 El Dorado）。在我背后，是广袤无垠的撒哈拉荒漠，再更远方，是地雷与军事防御墙，而在荒漠里的高墙之后，是波阵民兵与撒拉威难民营。

荷西过世后，不消几年，三毛回到为太平洋环绕的台湾。从我眼前的大西洋固然可以航向太平洋，但人类虽将海洋切割并命名，事实上，我们只有一座海洋。

向来不爱臆测他人想法的我，仍不自禁地想着，即便三毛以生动文字描写撒哈拉且深受读者欢迎，然而，撒哈拉的瑰丽壮阔远非生长在岛屿的人所能理解，只能用已知来想象未知，回到台湾的三毛，是否曾经感到寂寞？

"我的写作生活，就是我的爱情生活；我的人生观，就是我的爱情观。"（详见《我的写作生活》）她曾经这样说过。

日日真实在撒哈拉生活的我，再读三毛文字，只觉是她的性格与文采将撒哈拉生活写得多彩多姿，风趣迷人，那是她所见所感所知的撒哈拉，真真实实是她的个人生活，而她心中对人、对沙漠、对荷西是有爱的，那是恋爱中女子的文字，是而浪漫动人。

***

三毛真挚热爱着生活在这片大漠里的撒拉威人，她以文字描述，以摄影机拍摄，细细地近距离观察，同时也在互动中观照并反省自身。

《收魂记》里，三毛第一次跟着送水车到沙漠旅行，"除了一个背包和帐篷之外，我双手空空，没有法子拿出游牧民族期待着的东西，相对的，我也得不到什么友情"。有了这经验，尔后前往沙漠，她总带上小药箱、美丽的玻璃珠串、廉价戒指、发光的钥匙、耐用的鱼线、白糖、奶粉和糖果等。

三毛一度有"用物质来换取友谊的羞耻心理"，但她希望借由礼物，让他们看见自己对他们的爱，进而"接纳我这个如同外星人似的异族的女子"。

以物质甚至金钱来释出善意，换取与当地人交流的机会，这是许多到贫穷国家旅行者的共同经验，多的是乐在享受施舍的优越感里，甚至美其名为"公益旅行"，少有如三毛这般自省者。

相信未来我又将迎接因三毛而向往撒哈拉的游客，若再度听到"现代三毛"一词，这将是我的回应：这世界上从来没有"古代三毛""现代三毛"或"后现代三毛"，自始至终，三毛从来只有一个，就在文字里，因应每个读者阅读方式与内在状态，幻化出不同的三毛身影。文字一直都在，只要读者还在，三毛就是在那里，好好地。

撒哈拉我的爱

　　三毛曾说沙漠是她"前世的乡愁"，《沙漠》一曲收有她的生前录音："后来，我有一度变成了一个不相信爱情的女人。于是我走了，走到沙漠里头去，也不是去找爱情。我想，大概是去寻找一种前世的乡愁吧……"

　　我不是三毛迷，不为"三毛的撒哈拉"而前来，更不知何谓"前世的乡愁"，推促我偶然走入这块荒漠的，是我自身的生命困顿，即便身边人群围绕，依然活在前不着村、后不着店的孤苦伶仃感里。

　　结束多年留法岁月，我选择回故乡以全部生命与热情拥抱我所爱的舞蹈，无奈现实的教舞市场回报我以冷漠讪笑。

　　终于，我知道自己必须"告别"，前往一个没有人认识我的地方，当一个没有名字的人，或许已然支离破碎的那个"适任"，可以一点一滴地"长"回来。

　　那天，我回西螺老家，告知父母决定前往摩洛哥工作。我妈问我：摩洛哥在哪里？我说在非洲，我妈问：为什么要去非洲？我淡然地说："因为我在台湾走投无路。"

后来听说，我妈那晚失眠了。

二〇一一年，我服务于摩洛哥人权组织，在我的要求下，上司给了我一个只身前往撒哈拉探寻游牧文化的机会，我因而走进沙漠，流连忘返。

一见到连绵无尽的沙丘群，我便生平第一次感受到"大地之母的宽怀温柔"，什么都不用说，人只需静静站在那儿就够，撒哈拉理解一切，承接所有。

夕阳余晖洒出金色沙丘，我默默远离嬉闹的观光客，走入寂静，聆听沙漠静谧里的声音，独自爬上高大沙丘，才知撒哈拉如此美丽！

广袤沙丘群如大海波涛汹涌，连绵不绝直到世界尽头，瑰丽，沉静，美得不可思议！我泪水直落，撒哈拉什么都不说，径自以无比的温柔宽厚，承接所有悲伤、无奈、苦涩与孤寂的泪。所有泪水一落到沙丘，随即为细沙如数吸收，一滴悲伤都不留。

科特迪瓦作家阿玛杜·古如玛(Ahmadou Kourouma)曾说："唯有沙漠能够治愈绝望——人们可以在那儿哭泣而且不用怕河流因而溃堤。"我想，他一定曾经造访撒哈拉。

我在心里问撒哈拉："为什么你让我出生在岛屿台湾，在法国念了那么久的书，回故乡实践理想却饱受挫折，日日不得不与各种人近身肉搏，梦想希望逐一化作地狱烈焰，这才终于回到你怀里？"

耳边一个声音说着："其实你从来没有离开。"

那一刻，撒哈拉仿佛将我的能量从内底换过，回首望向来时路，我这才有力气面对曾让我扛不起的生命与过往。这些年在沙漠，向来是来自土地的力量支撑着我去走脚下每一步，而不是爱情。

无尽沙海告诉我，所谓的"路"，是前人走过的痕迹抑或此时的人所依循的轨道，然而在撒哈拉，"路"，在哪里？放眼望去，沙丘一座又一座，起伏汹涌，无尽浩瀚，无处不可去，地表无任何物件可作为标识，无论走到哪儿，全在撒哈拉怀里，我从来只见大地的温柔与宽厚，生命的丰沛、细致与无比坚韧的力量。

在这连绵无尽沙丘，只要有水，便有生命，与随之而来的一切。寂静沉默中，满满不可说。沙丘看似无路，却无处不是路，所有障碍物皆被移除，因行走沙漠本身已是最大也是唯一的挑战，上哪儿去，走哪一条路，早已无关紧要，只问走或不走。

蔡适任

译名对照

人名

切布·玛密　Cheb Mami

巴希尔　Mohammed Bassiri

卡罗尔　Lewis Carroll

布歇　Joseph-Felix Bouchor

伊里巴内　Manuel Fraga Iribarne

伊里斯一世　Driss I

吉拉尼　Abu'l-Fath Gilani

艾瓦利　El-Ouali Moustapha Sayed

艾米娜公主　Lalla Amina

埃拉·阿法西　Allal al-Fassi

西斯内罗斯　Francisco Jiménez de Cisneros

贝茜·库珀　Bessie Dean Cooper

阿古瓦　Akua

阿玛杜·古如玛　Ahmadou Kourouma

阿卢斯坦特　Alonso Allustante

哈桑二世　Hassan II

莫罗　Max Moreau

热罗姆　Jean-Léon Gérôme
博内利　Emilio Bonelli
普利多　Antonio de Oro Pulido
琪内博公主　Lalla Zineb
菲菲·阿卜杜　Fifi Abdou
利奥泰　Hubert Lyautey
圣－埃克苏佩里　Antoine de Saint-Exupery
穆莱·伊斯梅尔　Moulay Ismaïl
穆罕默德五世　Mohammed V
穆罕默德六世　Mohammed VI
诺姆·乔姆斯基　Noam Chomsky
诺拉·撒拉威　Nora Sahraoui
萨义德　Edward Wadie Said
苏·马琴　Sue Machin

当地词汇

土耳其浴　hammam
女眷住处，常称为后宫　harem
山栋(穆斯林苦行僧及长老)　Santon
切罗(护身符)　tcherot
手鼓　bendir
扎维亚(小型宗教圣所)　zaouïa
卡斯巴(土夯古堡)　kasbah
卡尔卡尔(脚环)　khal-khal(khel khal)
古墓　tumulus
史坦贝(灯笼裤)　stembel
尼拉(高级手染布)　nila
布各德特(南十字星项链)　boghdad
甘杜拉(男性服饰)　gandoura
皮风箱、鼓风器　rabouz

吉拉巴（男性服饰） djilaba

羊皮水袋 guerba

羊皮陶罐鼓 tamtam

艾雷布纳（男性服饰达哈左侧口袋） ellebna

克沙（男性服饰） kchat

克撒尔（土夯村寨） ksar

利坦（头巾） litham

沙漠玫瑰 rose des sables

邦戈鼓 bongo

里亚德（富豪宅院） riad

妹格哈斯（编织专用铁梳） medghas

拉贾布（护身符） larjab

金杯鼓 djembe

阿古瓦巴（求孕木娃娃） Akua Ba

阿古瓦玛（求孕木娃娃） Akua Mma

安拉的祝福 baraka

咯利咯利（护身符） grigri

格纳瓦（黑奴音乐） gnaoua

格德拉（当地舞蹈） guedra

特贝尔大鼓 tbel

媚荷法 melhfa

黑那（指甲花彩绘） henna

黑肥皂 le savon noir（le savon Beldi）

圆顶建筑 leqbibat

塔比亚（彩绘的精致瞪羚皮革） tabia

塔哈扎（黄蓝红三色流苏的大帽子） tarazza

塔苏法（彩绘的精致瞪羚皮革） tassoufra

达哈（男性服饰） darâa

嘎盖叭（乐器） qraqeb

玛哈博（传统灵疗者） marabout

精灵　djinns
蜜禅　mizam
卖水者　guerrabas
穆拉那（神）　mounala

地名、机构与组织、文献与其他
CEPSA设施　instalaciones de CEPSA
PT机构中心　Centro institución PT
大加那利岛　Gran Canaria
巴富尔人　Bafours
扎古拉　Zagora
比尔拉鲁　Bir Lahlou
《火炬》　Chamaa
外籍军团　Tercio de Extranjeros
市政府　ayuntamiento
博哈多尔　Boujdour
布嘎　Boucraa
《生态生活》　La Vie Eco
白角　Cabo Blanco
石屋区　Casas de Piedra
伊夫尼　Sidi Ifni
伊本萨乌德大道　Boulevard Ibn Sa Oud
伊尔富德　Erfoud
休达　Ceuta
朱比角　Cabo Juby
朵哈　Dora
艾本哈杜　Ait Ben Haddou
西班牙军团　Legión Española
西班牙广场　Plaza de España
西班牙观光旅馆　Paradores de Turismo de España

西斯内罗斯城　Villa Cisneros

帕拉多尔旅馆　Hotel Parador

努瓦迪布角　Ras Nouadhibou

廷杜夫　Tindouf

沙丘电影院　cine las Dunas

沙漠之旅　DESERTOURS

沙漠玫瑰杯　le Trophée Roses des Sables

沙墙　Le mur des Sables

贝尼·玛玛尔　Beni Mammar

贝查尔　Béchar

里萨尼　Rissani

丹吉尔　Tangier

坦坦　Tan Tan

拉巴特　Rabat

拉吉瓦　Laghchiwat

拉斯帕尔马斯　Las Palmas

拉腊什　Larache

波利萨里奥阵线　Frente Polisario

芬艾魏　Foum el Oued

金合欢　Acacia raddiana

阿尤恩　Laâyoune

阿肯族　Akans

阿散蒂人　Ashanti

非洲贸易珠　Africa Trade Beads

勃哈多湾　Cabo Bojador

哈拉廷人　Haratin

哈桑尼亚语　Hassaniya

政府车库　Cocheras del Gobierno

科洛米纳斯　Colominas

约夫梅哈　Jorf el Melha

美国客栈　Le Fondouk Américain

英国皇家芭蕾舞团　The Royal Ballet

军官娱乐场　casino de Oficiales

原住民警察　Policía Indígena

埃尔马萨　El Marsa

恐惧之角　Cabo do Medo

格雷多山脉　Sierra de Gredos

桑海杰人　Sanhadja

海杜斯　ahidous

海军大道　Boulevard de la Marine

乌达亚　oudaya

马贝斯　Mahbes

马拉喀什　Marrakech

国家旅馆　Parador Nacional

国际自然保护联盟濒危物种红色名录　IUCN

梅如卡　Merzouga

梅克内斯　Meknes

梅利利亚　Melilla

梅楚瓦广场　Place du Méchouar

第三军团奥地利的唐璜　le Tercio Don Juan de Austria 3e de la Légion

富埃特文图拉岛　Fuerteventura

司马拉　Smara

游牧部队团（简称ATN）　La Agrupación de Tropas Nómadas

无叶柽柳　Tamarix aphylla

非斯　Fez

温拿斯　Oumnass

塔西利　Tassili

塔尔法亚　Tarfaya

塞努福　Senufo

贾吉尔骡驴保护区　Jarjeer Mule and Donkey Refuge

达尔贾迈博物馆　Le Musée Dar Jamaï

达赫拉　Dakhla

福斯布嘎　Fos Bucraa

盖勒敏　Goulimime

盖尔盖拉特　Guerguerat

赫尼菲斯国家公园　Le parc national de Khenifiss

德吉玛广场　Jemaa el-Fnaa

德希拉　Dcheira / Edchera

德拉　Drâa

德尔菲　Delphes

摩洛哥儿童保护联盟　La ligue Marocaine pour La Protection de l'Enfance

摩洛哥国家解放军（简称ALN）　Armée de libération nationale

《摩洛哥烹饪》　La cuisine marocaine

撒拉威人　Sahraoui

撒拉威阿拉伯民主共和国　Sahrawi Arab Democratic Republic

撒哈拉领土警察　Policía Territorial del Sahara

撒哈拉总督府　Gobierno General del Sahara

驾驶及车辆相关的机构　automovilismo

魅赛也　Messayé

燕子计划　Operación Golondrina

迈哈米德　M'Hamid

穆莱·伊里斯·泽尔霍恩　Moulay Driss Zerhoun

萧安　Chefchaouen

谢里夫磷酸盐办事处（简称OCP）　Office chérifien des phosphates

萨基亚·阿姆拉　Sakia El Hamra

萨基亚阿姆拉和里奥德奥罗人民解放阵线　Frente Popular de Liberación de Saguía el Hamra y Río de Oro

　　萨基亚阿姆拉和里奥德奥罗解放运动　Harakat at-tahrir Saqiat al-hamra wa wadi-addahab

　　盐肤木属灌木　Rhus Triaprtium

　　观光旅馆　Parador de Turismo